NF文庫
ノンフィクション

新装版

空母「飛鷹」海戦記

「飛鷹」副長の見たマリアナ沖決戦

志柿謙吉

潮書房光人新社

空母「飛鷹」海戦記——目次

第一部　蘭印戦線転戦記

第二部　空母「飛鷹」海戦記

写真提供／著者・雑誌「丸」編集部
米国立公文書館
本文絵／著者

空母「飛鷹」海戦記

――「飛鷹」副長の見たマリアナ沖決戦

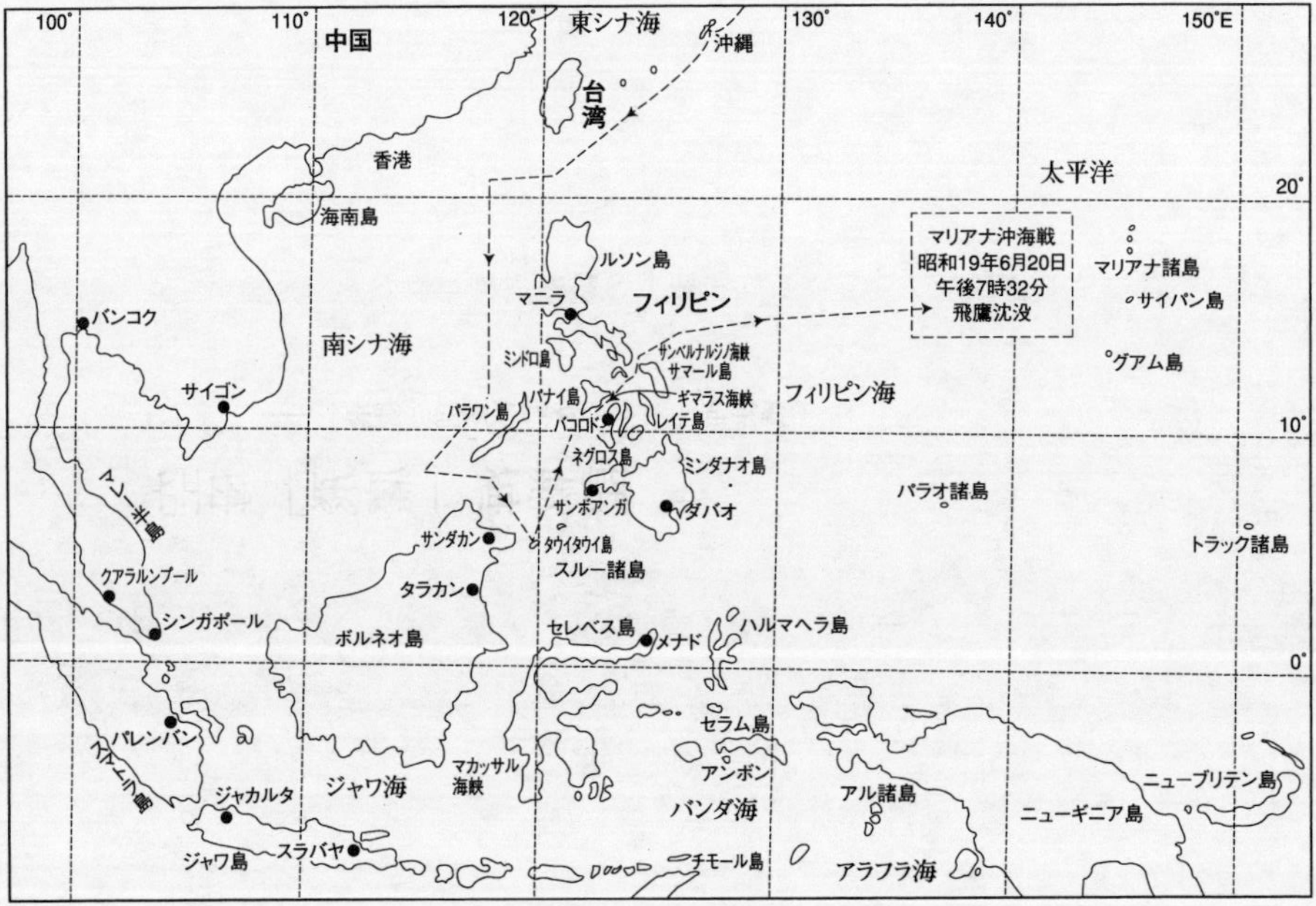
100°
110°
120°
130°
140°
150°E
20°
10°
0°
中国
東シナ海
沖縄
台湾
香港
海南島
太平洋
マリアナ沖海戦
昭和19年6月20日
午後7時32分
飛鷹沈没
マリアナ諸島
サイパン島
グアム島
ルソン島
マニラ
フィリピン
南シナ海
バンコク
ミンドロ島
サンベルナルジノ海峡
サマール島
サイゴン
パナイ島
ギマラス海峡
フィリピン海
パラワン島
バコロド
レイテ島
ネグロス島
ミンダナオ島
パラオ諸島
サンボアンガ
ダバオ
マレー半島
サンダカン
タウイタウイ島
トラック諸島
スルー諸島
クアラルンプール
タラカン
シンガポール
ボルネオ島
セレベス島
メナド
ハルマヘラ島
パレンバン
スマトラ島
セラム島
マカッサル
海峡
アンボン
ジャカルタ
ジャワ海
アル諸島
ニューブリテン島
バンダ海
ニューギニア島
ジャワ島
スラバヤ
チモール島
アラフラ海

第一部　蘭印戦線転戦記

前線への旅立ち

昭和十七年二月五日、館山海軍砲術学校教官兼横須賀海軍砲術学校教官だった私は、横砲予備生徒の辻堂演習のため、辻堂の海岸で攻撃隊の生徒たちと一緒に、夜襲の行動をとっていた。

そのとき、私のクラスの菅井武雄中佐の「志柿はいないか」という声がした。つづいて「陸戦科長はおられませんか」という声が、あちこちから聞こえた。

私は演習にたいする不満も手伝って、いささかムッとして、

「なんだ、ここにいる」

と返事をした。すると、菅井中佐が駆けよって、

「貴様は前線勤務にかわった。早く帰れ。館砲の教頭から電報がきた。これだ。切符は、い

ま教員に買わせにやってある。ウン、すぐ帰れ。帰りに海軍省人事局に寄れ、と書いてあるぞ」

と電報をわたされた。

「貴官、前線に転勤発令あり。明日、海軍省に出頭のうえ、帰校されたし」

私は演習への不満で、いままでプリプリしていたが、急に張りあい抜けするとともに、夢みるような、有難いような、面映ゆいような緊迫感に襲われた。周囲をみると、墨を流したような真っ暗闇のなかに、松明《たいまつ》に照らされた生徒の緊張と物めずらし気な顔が、私を見まもっている。

親しい教官も、つぎつぎと私のもとに集まってきた。校長、教頭もこられた。

「館山砲術学校の校長が、君を先任参謀にひっぱられたのです。一刻も早くお帰りなさい。たいへんにご苦労でしたね。武運長久を祈ります」

と校長らはいわれた。

生徒たちは講評の隊形に集合していた。私は周囲からせきたてられるままに、生徒の前に立った。菅井中佐が生徒に向かって、

「陸戦科長志柿中佐は、ただいま電報がきて、前線に出動されることになった。ただいまから出発される。長い間、大変にご懇切なご指導をいただいたことにたいし、私から一同にかわって、厚くお礼申しあげる。敬礼！」

といってから、私に向かい、

「どうも有難うございました。武運長久を祈ります」

と挨拶をした。

私は、生徒一同および諸教官にたいし、しみじみと敬礼をかえした。さらに、校長、教頭はじめ、諸教官に挨拶して、宿舎へとサイドカーでいそいだ。

まもなく鬼塚中佐がやってきて、汽車の時間を調べてくれた。切符を買いにいった教員も帰ってきた。私は少しばかりの荷物をまとめ、挨拶もそこそこに辻堂駅にかけつけて、上り列車に乗りこんで横須賀に向かった。帰宅したのは正子《しょうし》をすぎていた。

覚悟はしていたつもりだが、いよいよ出征となると落ちつかない。

二月六日午前六時すぎ、いそいで出発した。子供たちは、私が留守がちなのに慣れきって、ただの出勤かと平気である。新橋駅で降り、海軍省人事局に出頭したのは午前九時ごろだった。

部員室にはいると、横砲教頭の実弟である猪口力平中佐が、私の顔を見るなり、

「やあ、今度はご栄転、おめでとうございます。ちょうど今、係の志岐大佐がおられませんが、あなたは第二十四特別根拠地隊の先任参謀にいかれることになりました」

という。先任参謀予定者の家木中佐が攻略戦で戦死したので、その後任となるのだ。

第二十四特根は、この三日に占領したばかりのアンボンにある。猪口中佐は掛図の上でしめしてくれた。フィリピンより南、赤道を越えた蘭印（オランダ領東インド）アンボン島。どのようにして赴任したものかと考えていたら、猪口君が飛行機の座席をとってくれるとい

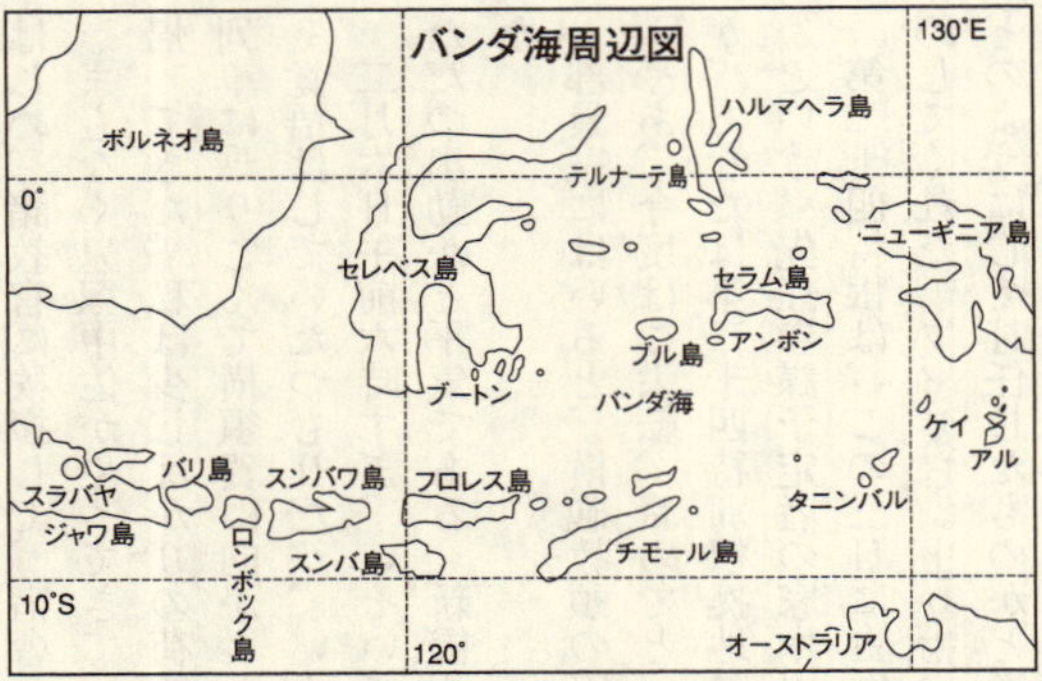

う。

チモール作戦がすぐにあるから、なるべく早く出発するようにといわれ、九日はどうかという。しかし、館砲、横砲両校の申し継ぎもあるので、十一日にしてもらった。第二十四特根司令部は、司令官・畠山耕一郎少将、機関参謀・溝口進機関大尉、軍医長・有賀進軍医少佐、主計長・井狩甫主計大尉で、みなはじめての人である。さらに、編成予定表も見せてもらった。

当日は土曜日で、一刻もはやく館山にいく必要があった。館砲に着いたのが午後二時すぎで、教頭と副官が残っておられた。

出発が十一日なので、まだ日もある。帰ってみると、妻は畠山司令官のご家族と懇意にしていたそうだ。

八日は、朝早くから海軍省に出かけた。軍令部一課にいって、作戦情況を聞いた。課長の神重徳大佐（海兵四十八期）が、南西方面全般の説明をされた。さらに、先任部員であるクラスの佐薙毅中佐が、詳細にわたって話してくれた。

「チモール島を占領したら、オーストラリアの鼻先になる。オーストラリアの攻略はいつやるのか」

と尋ねると、兵力も国力も足りないから、オーストラリア攻略はやらないという。これは大変である。オーストラリアといつも鼻をつきあわせていたのでは、やり切れない。

それでは「今後、米本土攻略はどうだ」と聞くと、これも兵力、国力が足りないからやらないし、ハワイについても、またおなじ考えだという。資源地帯だけを押さえて、あとは内南洋の線をかため、実力、国力をたくわえながら、敵を諦《あきら》めさせる考えであった。

私は驚いてしまった。狐につままれたような気がした。元来、兵は拙速を尚《たっと》ぶのだ。一日もはやく敵の喉首をおさえ、刀を擬すようでなければ、勝利はむずかしい。いわんや貧乏国の日本が、大金持のアメリカと四つに組んでいるのだ。そんなことをして、どうするつもりだろうと思い、内心はなはだ不満で、危うい気がした。

即戦即決、一気に敵の首都にせまり、頸《くび》根っこを捻じあげるのが戦争だと考えていた私には、こんなにも呑気な戦争があったのかと思った。こんな調子で戦争をはじめて、いったい勝てるのだろうか。こんな国力で、こんな兵力で、こんな考えで、よくも戦争をはじめたものである。

このような無理をしてまで、なぜ戦争をしなければならなかったのか。そんな日本の実情を思うと、慄然とせざるを得なかった。

私は空虚な思いを抱きつつ、軍務局にいった。そこには末次大佐がいた。旧知の間柄である石川大佐の所在をたずねると、すぐ近くにおられた。

アンボンに行くむねを申し出ると、クラスの柴勝男中佐をよんで、情況の説明をするようにいわれた。しかし、柴は手がふさがっていたので、代わって松本中佐が説明してくれた。さらに、占領地における軍政の内容をたずねるため軍令部第六課にいき、クラスの渡名喜守定中佐に会った。ここでは、南方に行く人の注意事項を書いた小冊子をくれた。また、海軍報道部の平出英夫大佐（海兵四十五期）にも会うことができた。

私が行く第二十四特別根拠地隊の担当する区域は、ずいぶんと広い。蘭印ニューギニアから、ハルマヘラ島、アンボン島西方（セレベス島の東方）の島から小スンダ列島までで、アラフラ海のアル、ケイ、タニンバルの三諸島もふくむ。そして、当分のあいだ、私が民政部長を兼務するという。

バシー海峡を越えて

十一日早朝、見送りの家族とともに羽田飛行場に着いた。私の乗る飛行機はダグラスだった。軍用機しか乗ったことのない私の目には、座席がとても贅沢なものに見えた。

機内にはクラスの飛行機屋、時永中佐がいたので、左後部の座席にならんで腰かけた。窓から待合室の方を見ると、子供たちは珍しそうにこちらを見ていた。

午前六時、出発である。飛行機は滑走に移った。私は、窓から子供たちに合図をしてみたが、わからないようであった。

飛行機は左に大きく旋回して、しだいに高度をとりつつ西に向かう。東京をすぎて間もなく、富士の霊峰が雪に輝いて、荘厳である。気流が悪いのか、飛行機は揺れた。

午後一時ごろ、福岡飛行場に着いた。ここで二十分ばかり時間があるので、待合室で休んだ。ストーブのそばに、私が士官候補生時代、「金剛」通信長だった武田大佐がおられた。

最も優秀な旅客機として米国から輸入したダグラスＤＣ３型機

さっそく挨拶すると、大佐も第二十四通信隊司令で、アンボンに赴任するという。

飛行機は断雲をぬって西航、済州島を右に見て中国大陸沿岸を南下した。雲はしだいに多くなってきた。飛行機はすこし高度を下げ、揚子江が見えると、河に沿って上海に向かう。

懐かしの上海が眼下に見える。海軍砲術学校に赴任する前、約二ヵ年にわたって駐屯していたのだ。飛行機は上海の上空を、大きく左に旋回する。広中路にある陸戦隊の新兵舎が見える。私がいた当時は、まだ未完成だった新兵舎は、いまはすっかりできあがっている。

その横に、高くそびえる表忠塔が見える。周囲は立派な公園になっていた。私がいたころに工事がはじまり、多くの在留邦人が奉仕した。陸戦隊でも、武田司令官はじめ、みながモッコをかつぎにいった。思い出はつきなかった。

飛行機は大場鎮の飛行場に着陸した。午後五時近くだった。私たちは待合所にいって、台北行きの出発を待つことにした。しかし、待合所では、天候不良でもあり、時間が遅れたので、台北行きは明日に延期になったと伝えられた。台北に向かった飛行機も、引き返したという。

翌日は、早朝に上海神社を参拝し、飛行場のバスで大場鎮に向かった。上海の朝は、針で刺すような寒さだった。まだ上海に名残りはつきない。

飛行機は予定どおり、午前七時に飛びたった。天候はしだいに悪くなってくる。雲行きははなはだ険悪である。それでも、飛行機は強引につき進んだ。中国大陸をはなれて東シナ海にでると、さらに天候は険悪となり、乗り心地もよろしくない。

もう引き返さなくては、と乗客が騒ぎだした。飛行機はさらに高度を下げた。もう海面すれすれだ。いったいどうなることかと、あやぶんだ。そのうち突然、密雲の中に台湾の西岸が見えた。

怒濤が海岸に逆巻いている。とたんに、飛行機は左に急旋回した。山に衝突するかと思われるほど、海岸づたいに北上をはじめた。

視界はすこしずつひらけ、やっと愁眉をひらいた。しばらくして台北飛行場に着いた。

今日は北投《ペイトン》温泉にでもいこうか、と話しながら飛行場に降りたつと、在勤武官からの連絡で、マニラ行きの飛行機を待たせてあるという。同行してきた時永中佐らにここで別れを告げ、私は飛行機を乗りかえることになった。

　これで日本とはお別れかと思うと、なんとなくつれないものが感じられた。そんな思いをのせて、飛行機は南に向かう。空は次第に晴れてきた。空気は澄んで、太陽はまばゆいばかりだが、高度をとっているので、防寒の服装でちょうどよい。

台湾の最南端をすぎ、バシー海峡の荒波も飛びこえて、ルソン島西岸にたどり着いた。飛行機は、海岸に沿ってなおも南下し、皇軍が敵前上陸したリンガエン湾上空にさしかかった。湾内には、三、四千トン級の貨物船が数隻、碇泊している。

　飛行機は東南のコースをとって内陸にはいり、バターン半島を大きく避けている。高度を上げたので耳が鳴る。五千メートルもあるのだろうか。気のせいか、すこし空気が稀薄になったようだ。

　敵の高射砲が心配されたが、そのような気配はなかった。マニラ付近にはまだ敵がいて、陸軍の戦闘情況が見られないかと思ったが、しごく平穏無事で、それらしいようすはない。

右手にさざ波ひとつないマニラ湾が見えてきた。その向こうにみえる薄紫の山がバターン半島である。手前の海岸近くには、鏡のような海面に杓子型の漁棚が、あちこちに見える。

やがて、機は目的地のマニラ市街にさしかかった。

　マニラ市上空を、高度を下げながら東から西に向かう。市の東北の隅に、玩具《おもちゃ》を積んだように、赤や青の自動車が集められていた。人の往来も眺められる。

　まもなく、機は左へ急角度に旋回して着陸した。

戦乱のマニラ近郊

飛行場に降りたつと、防暑服でも暑そうにしている。防寒服のわれわれは、異様なものに見えた。

飛行場では着替えもできず、われわれは自動車で艦隊司令部に向かった。しかし、走っているうちに暑くなってきた。自動車は海岸通りを快走しているが、市内に近づくにつれて、まるで蒸し風呂にでも入っているように汗が流れ出た。

艦隊司令部は、桟橋のすぐそばにあった。私は武田大佐と二人で、玄関からエレベーターで幕僚室にあがった。そこからは副官に案内されて、司令長官、参謀長のもとに挨拶にいった。

長官室は冷房装置がはたらいていたが、冬服のわれわれにはやりきれないほど暑い。長官の杉山六蔵中将(海兵三十八期)は、

「冬服じゃ暑かろう。すぐに夏服へ着替えたまえ」

といわれたので、隣室で従兵がもってきたトランクから、白服を出して着替えた。ふたたび長官室にいくと、陸戦服の大佐がいた。アンボンからきたばかりだという。

「それでは、あなた方が帰りに便乗されるからと、私が飛行機の方にいっておきましょう。酒保物品などを積みにきたのです。すこし窮屈かも知れませんが、二人なら大丈夫、乗れるでしょう。出発まで二、三日はかかるはずですから、指揮官から、あなた方に連絡するよう

にいっておきます」

というので、大変に助かった。

司令部の世話で水交社に部屋をとり、同日は杉山長官の晩餐の招待にあずかった。晩餐はあるホテルの一室でとったが、じつに豪華な部屋だった。

水交社の部屋は広く、建物も堂々としていたが、なにしろ酷寒地帯から一日にして酷暑地帯にきたので、その暑さにはまいった。籐椅子に腰をおろしてじっとしていても、汗が流れ出てくる。部屋に付属している浴場で水を浴びるが、五分もしないうちに玉の汗である。

自動車を借りて、第三十一特別根拠地隊司令部にいった。ここには、クラスの藤田浩が先任参謀でいた。彼は忙しいなかで、キャビテの海軍工廠跡まで案内してくれた。

夕方、部屋から外を見ていると、現地人が海岸のアスファルト道路に立って、湾口を眺めている。なにかと思って見ると、コレヒドール島の方向に、飛行機が二、三機飛んでいて、真っ黒な煙があがっている。「やっているな」と思った。

マニラで三日をすごし、出発の日の早朝、指定された時刻までに飛行場にいく。輸送機は九六陸攻を改造したものだった。ダグラスにくらべると胴体が小さいので、なかは相当に窮屈だ。それに、荷物を一杯につめこんであるので、私たちは荷物のあいだの座席に、やっと腰だけをかけることができた。

輸送機の指揮官は学徒出身らしい少尉だったが、親切にときどき話しかけてくれた。

マニラを出発して、一路ダバオに直行するので、相当の高度をとらないと山を越せない。

上空に達すると寒くなったので、毛糸のジャケットに雨衣をはおって寒さを防いだ。

午前十時近くにダバオへ着いた。マニラにくらべると田舎であった。中尉時代に特務艦「早鞆《はやとも》」できたことがある。

ダバオでの用事をすませた飛行機は、一時間足らずで、ふたたびアンボンに向けて出発した。風もなく、雲もすくなく飛行日和《びより》であった。

飛行機は高度をとって、気持ちよく飛んでいく。波ひとつ見えない静かな海のなかに、三角にとがった島の頂きがあちこちにそびえている。飛行機はそれらの上を飛び越え、あるいは縫って飛んでいく。瀬戸内海を大きくしたような感じだが、島は原始林におおわれている。私たちははじめて見る赤道直下の蘭印を、小さな地図とくらべながら、ものめずらし気に眺めていた。時間は過ぎて、日もようやく西に傾き、まばゆかった太陽も、なんとなく内地の初秋の夕べを思わせるようになってきた。

「あと四十分ほどでアンボンに着きます。どうも日没はすぎます」

と指揮官がいってきた。飛行機はブル島とセラム島のあいだを抜けて、アンボン島の西側を南下した。マニラで、淡路島くらいの島だと聞いていたが、たしかに大きな島だ。しかし、人家がすこしも見えない。原始の島のような感じがする。

飛行機はアンボン島の南端をまわって、湾口からはいった。高度を下げると、湾の左側に着陸した。

外に出ると、まさに田舎の飛行場だ。薄暮の中に、北側に馬小屋らしい建物があって、汚れた防暑服の兵隊が四、五名飛んできた。

彼らに案内されて馬小屋に向かうと、建物のカーテンから腕に黄布をつけた人が出てきた。誰かと思ったら、クラスの柴田文三である。兵学校卒業以来、はじめての再会だ。二十年ぶりである。彼は第二十二航戦の先任参謀だった。

建物の東側の一隅の物置き然としたところに、晒《さら》し木綿の短いカーテンを張り、こわれかけた机をおいて、ひとり手持ちぶさたでおられる司令官の多田実少将に挨拶して、幕僚室にはいった。兵学校教官で一緒だった三木少佐が、通信参謀であった。

湾内には機雷があって危険なので、湾をへだてて対岸にあるアンボンの町へいくのをやめ、同夜は航空隊の片隅に軽便寝台をおいて泊まることにした。航空隊の軽便寝台は、われわれ長身の者には短く、しかも真ん中が高くなっていて、昔から寝苦しいのが特徴であった。

この日も例に漏れなかった。そのうえ、海山を越え何千里とやってきた墳墓の地と思うと、感慨また無量で、なかなか寝つかれなかった。

翌朝、船を用意してもらい、対岸に向かった。飛行場からは見えなかったが、日本の漁村を思わせる町なみと、海岸ぞいの家が見えた。かなりの人家がある。

桟橋に着くと、陸軍の舟艇が乱雑においてある。そのなかに割りこんで、服が汚れるのを気遣いながら、やっと桟橋にあがった。

桟橋付近は、一面の焼け野原だった。南方の桟橋には、野積みした石炭がまだ燃えている。一本通りを山手の方にいくと、千メートルほどにガソリンスタンドのようなものがあり、三差路になっていた。

荷物はあるし、暑くもあるので、そこにきていた錨のマークの自動車をつかまえた。主計長のもので、すぐ前の家にいるという。家にはいると、長身痩軀の主計大尉に会った。

「あっ、先任参謀ですか。私は主計長の井狩主計大尉です。よろしくお願いします」

という。私も簡単に挨拶を返して、司令部まで自動車を借りた。

アンボン攻略戦

司令部は、山手にはいって、森の中に点々とある椰子の葉で葺《ふ》いた家の前をすぎ、右に曲がって間もなくのところにあった。三分とかからなかったが、すごく淋しいところだった。

司令部も小さな建物で、道路から一間（一・八メートル）くらいしか入っていない。表は右半分が板のベランダで、その奥に小部屋が二つ、左半分に三つの部屋がある。中央には、奥までぶっ通しの廊下があった。

私たちが着いたとき、司令部員はみな留守で、従兵しかいなかった。私の部屋は、ベランダのすぐ奥の部屋だというので、荷物だけいれた。部屋は六畳に足らず、窓の横に粗末なベッド一脚と洋服ダンスが一つがおかれていた。

私たちは、ベランダの籐椅子に腰をおろして休んだ。しばらく待っていると、自動車で司令官が帰ってこられた。私はさっそく玄関に出迎えた。

「早かったねえ、まだ一ヵ月はかかると思っていた」

随行していた機関参謀の溝口機関大尉も帰ってきた。中肉中背の気が強そうな好男子だ。挨拶もすんだので、私は従兵がもってきた防暑服に着換え、参謀の印として左腕に黄色の腕章をつけた。

第24特別根拠地隊司令部がおかれたアンボン海軍司令部の建物

従兵長は井野兵長、私の係は井上兵長である。井上兵長は見るからに頑丈そうな、無口な男だった。武田大佐はすぐに通信隊へいかれた。

昼近くになって、軍医長の有賀軍医少佐も帰ってきた。前日着任したばかりだという。昼の食事はベランダと反対側の、道路に面した部屋でとった。ここは司令官室につづいた部屋で、他の部屋よりすこし広かった。

テーブルをかこんで、司令官、私、軍医長、機関参謀、主計長に武田大佐もこられて、六人が席についた。食卓には、缶詰の肉と豆と昆布が、二つの皿に盛られて出された。各自の前には、ご飯を盛った皿が、一つずつ並べられた。

箸がないので、不ぞろいのフォークをつかった。暑いところにきて慣れないためか、腹は空いていたが食欲はなく、食事中でも汗はとまらない。

食事がすむと、ベランダでくつろいだ。話は、赴任の旅から、内地のようす、そしてアンボン攻略戦が語られた。

斎藤通訳は、私たちに遅れて午前九時すぎにきた。あとで司令官に紹介すると、司令官は、第二十二航戦の作戦が終了したあと、ぜひとも貰《もら》いうけたいと手紙を書き、斎藤君にことづけた。

夕食後しばらくして、裏の方にいってみた。白壁の物置のような建物があった。中をのぞいてみると、電線のようなものが一面に散らかっていて、足の踏み場もない。敵が逃げるときに、やったものらしい。

海軍司令部の向かって右には、小さな公園をへだてて、豪壮な邸が見えた。そこからは、かすかに騒いでいる声が聞こえる。陸軍の将兵が毎晩、酒宴をひらいているという。ベランダからながめていると、街には猫の子一匹通らない。まれに兵隊が通るくらいである。

森の中にポツンポツンと家が建てられた淋しい町なのに、なんとなく戦場の気分がただよい、殺風景な感じである。日はしだいに暮れていく。電灯もなく、部屋のまん中に蠟燭が一本ともされていた。淋しさは、ヒシヒシと身にせまってくる。

昼間の暑さにくらべると、日が暮れてグッと冷えてきた。防暑服ではちょっと肌寒いくらいだ。

われわれのあいだの雑談は、アンボン攻略戦の思い出話となった。

奮戦また奮戦

昭和17年１月31日、ヒトラマ海岸へ向かう呉第一特別陸戦隊員

アンボン攻略戦をひかえ、司令官畠山耕一郎少将（海兵三十九期）は、幕僚予定者の家木中佐（海兵五十二期）と、溝口機関大尉、井狩主計大尉をともなって、台湾の高雄に待機していた。

アンボン島は、ほぼ二つの島からできている。南西から北東に大きな島が横たわり、その北東端から、南の方に小さな島がぶらさがっている。

両島のあいだがアンボン湾で、中央付近に西の島から岬が突き出ており、内港と外港とに区切る。内港と外港との境からすこし南にくだって、東側にアンボンの町がある。町の南郊外はベンテンと呼ばれ、砲台がある。砲台の対岸がラハ飛行場となる。

内港の東側が水上機基地で、基地と内外港境界線との中間にガララという村落があって、そこには元オーストラリア軍兵舎をつかった捕虜収容所があった。

アンボン湾のほかに、もう一つ湾がある。アンボン島の東北、二つの島がくっついたところの東側にある。

さて、懸案のアンボン島攻略計画は、陸海軍の協同作戦であった。海軍は呉鎮守府第一特別陸戦隊が北岸のヒトラマに上陸してラハ飛行場を攻略し、陸軍は伊東支隊の一コ旅団をもって、東北岸の湾に上陸してアンボン市街および南方の砲台を攻略する。

さらに、海軍の海上部隊は、巡洋艦および駆逐艦、掃海艇による輸送援護、ならびにアンボン湾の掃海など、攻略への協力をすることになっていた。

ところが、呉一特は比島作戦において、その約半分をレガスピーとホロ島とに置いてきているので、戦闘部隊はわずかに一コ中隊余しかいなかった。そのため、陸軍から一コ中隊を協力してもらった。また、司令の藤村中佐は病気のため、内地送還の途にあり、副官の畠山大尉が指揮にあたっている。

その畠山大尉は、最初にトラックを揚陸して、一挙にラハ飛行場を攻略する計画をたてていた。じつに危険なやり方である。

司令官は危ないと思われたが、もはやすっかり準備もできていて、いまさら変更も間にあわないという。これは常道を逸したやり方である。

一月三十日の日没後、海軍の攻略部隊はヒトラマ沖に到着し、三十一日午前一時ごろより上陸用の大発が降ろされて、トラックも積みこまれた。そして、計画通りに戦闘部隊の半分が分乗して、ヒトラマ海岸に押し寄せた。

海岸まで百メートルほどにきたとき、全速力で走っていた大発が、突如として何ものかに激突して乗りあげ、動かなくなってしまった。しまったと思ったとたん、海岸のトーチカから猛然と火蓋がきられ、ものすごい銃声が起こった。擲弾筒もすごい音をたてて炸裂する。

水中障害物が海岸に沿って、一面にうちたてられている。まず舟を浮かそうと、人が海の中にはいってみたが、トラックが載っているものだから、ビクともしない。このままでは、全滅のほかはない。思いきって、人だけでも陸岸にいこうとしたが、水深があり、武装もしているので、それも駄目だ。一同は歯嚙みをしてくやしがった。

できるだけ応戦につとめ、障害物の除去にとりかかった。軍艦の方でも、あとの兵力を一刻も早く送りたいが、船艇が帰ってこないので、どうすることもできない。海岸の方から銃声がさかんに聞こえてくるが、ようすが解らないので、どうしたのかと気をもむだけであった。

夜がしだいに明けてきた。待ってばかりもいられないので、内火艇やカッターの用意をはじめた。そのころに、さいわいにも左翼へ向かった一隻の大発が、水中障害物をのがれてうまく上陸でき、勇敢にも敵の右翼を衝いた。敵は現地兵で、しかも少数で海岸の砂丘にたてこもっていたらしい。わが方も少数だったが、勇猛果敢な攻撃に、敵はまもなく退いた。敵は内湾に通ずる道路を、一目散に後退していった。

道は海岸から山手につきあたったところで左折し、その中腹を走って、さらに右折して林の中を南下している。

敵は後退しながら、山の中腹を走る道路を爆破していった。わが方も、すかさず追撃した。これで、大発で動けなくなっている部隊は、やっと助かった。さらに、潮も満ちてきて、障害物の破壊にも成功し、動けるようになった。

こうして部隊が上陸したものの、畠山大尉のトラック計画は、海岸を出てすぐに道路が爆破されていたため、みごとに覆されてしまった。トラックを棄てて、徒歩にうつらねばならなかった。

困ったのは、砲隊と付属隊である。道路を通れるようにしなければ、砲も弾薬・糧食も運べない。道路は山の中腹の切りたったところで爆破されており、修理も容易ではない。

敵を急追する前衛部隊にすこし遅れた本隊は、ラハ道との分岐点にいたって、地図にしめされた道路がなく、ハタとこまった。前衛はどちらの方に行ったのか、さっぱりわからない。

やっと小さな道を発見し、これを伝っていくと、ジャングルの中を通って海岸に出た。そして道路は、内港の西岸沿いに南下している。

本隊が海岸道に出ると、対岸のベンテン砲台（ベンテンとは、現地語で砲台の意味だが、われわれはここをベンテンという地名で呼んでいた）が射ちはじめた。しかし、すぐにこれを突破した。内港と外港の境界付近の戦闘がもっとも激しかった。

さらに道をすすみ、海岸近くの木を切りたおした開豁地に出た。そこに、前衛は伏せたまま釘づけになっていた。

前衛は敵を追って開豁地まできたが、ここで鉄条網にひっかかり、猛烈な機銃と迫撃砲の攻撃にさらされ、進むことも、退くこともできなくなった。

敵情がさっぱりわからない。斥候を何回出しても、帰ってこない。畠山大尉自身が一コ分隊をひきいて、敵情偵察にいったたまま、いまなお帰ってこない。

本隊は、林の南端近くで停止したままである。これには畠山司令官も弱っておられた。時間は容赦なくたつ。陽はしだいにかたむいてくる。

家木中佐は、前進できるように敵の火力を減殺する手段を講じないかぎり、しだいに兵力を消耗し、かえって敵にしてやられる心配もあると考えた。そこで、後方にある砲隊の前進を催促しにいった。

その間に、中隊長の中川特務大尉は、本隊を道路に置くのは危険と判断し、山手のジャングルにいれた。そうとは露知らぬ家木中佐は、砲隊を連れてきたものの、本隊がいないので、まだ先かと思い、開豁地に出てしまった。

その瞬間、敵の機銃弾が襲ってきた。家木中佐は銃弾に倒れてしまった。

後につづいていた砲隊は、すぐにその場に伏せ、すこし退ったので助かった。さらに後方の隠蔽地に退り、注意ぶかく敵情を観察して、砲をすえたのは薄暮ごろだった。

最後の攻撃

日もとっぷりと暮れた。そのうちに、喪心したような若い兵隊が、一人、二人と帰ってきた。さっそく彼らをつかまえてようすを問いただすが、どれもこれも要領を得ない。くりかえされるのは、味方全滅の報ばかりである。憂色はさらに濃くなった。

午前二時ごろ、待ちに待った畠山大尉が、悲痛な面持ちで帰ってきた。それでも司令官は、蘇生の思いだったようだ。

大尉の報告によると、敵の警戒はすこぶる厳重で、突破は思いもよらない。このままでは全滅のほかはなく、このさい、上陸地点のヒトラマまで引き返し、後図をはかるべきだと主張する。

大部隊をひきい、多数の犠牲者を出してここまで来ながら、後退するとは何事ぞ！

平常はすこぶる温厚な司令官であるが、このときばかりは眼を三角にして、口角泡を飛ばされた。

このとき、さいわいにも伊東支隊から派遣された陸軍一コ中隊が到着した。この中隊長に現況を説明すると、

「冗談じゃありません。後退したら、私は旅団長閣下に叱られます。退《さが》ることは絶対にいけません」

という。司令官は、わが意を得たりと喜ばれた。

こうして海軍は海岸を南下し、陸軍は山にわけいり、三日黎明を期して、飛行場西方の山地から協同攻撃することになった。

攻撃前進に決まったので、司令官は海上部隊指揮官あての電報を起案、通信隊に打電させた。

『一、わが陸戦隊は、飛行場北方開豁地において、敵の頑強なる抵抗にあい、死傷続出、戦闘部隊の半数をうしない、先任参謀家木中佐も戦死せり。
二、当隊は、さらに攻撃を続行、海軍は海岸方面より、陸軍協力部隊は大迂回して山地方面より、三日黎明を期し、飛行場総攻撃をおこなわんとす。
三、飛行機の協力を得たし』

海軍部隊は夜襲態勢をととのえて、ただちに進撃に移った。夜討ち朝駆けは、日本軍の伝統戦法である。部隊は銃剣をひらめかし、開豁地を避けるようにして粛々と南下した。二、三の敵に途中で出会ったが、ことごとく撃退した。

黎明が近くなる。いよいよ飛行場にせまってきた。志気はたかまり、隊員は身支度をなおすと黎明攻撃を待った。星明かりにすかすと、左手の海岸近くに敵陣地の気配がある。まず、これを始末する必要があるので、部隊はこれにたいして攻撃態勢をとるべく、行動は起こされた。

黎明はもうすぐだ。敵陣にたいし距離をつめていると、東の空に曙が訪れた。とそのとき、敵陣高く白旗がひるがえった。
「敵降伏！」と思ったが、あたりはまだ暗い。早合点は禁物である。突撃態勢のまま、さらに一歩を進めた。

東の空は、しだいに明るさをましてくる。白旗はまちがいない。さらに、敵将が白旗をかかげて出てきた。オーストラリア軍であった。

武装解除をしていると、右手の方に銃声が聞こえ、弾丸が飛んでくる。飛行場西端の山である。ただちに応戦の態勢をととのえると、戦闘行動に移った。

司令官は、オーストラリア軍隊長の訊問から、飛行場裏山の敵はオランダ軍であることを確かめられた。すなわち、敵は前の方から、現地軍、オーストラリア軍、オランダ軍の順序で配備していたのである。

わが軍は、敵情に応じて、攻撃態勢を強化しつつ、機の熟するのを待った。今日は三日である。迂回した陸軍部隊が、裏山から攻撃してくる日である。

太陽は、湾をへだてたアンボン市の裏山にのぼって輝きだした。おりしも、わが艦載水上機一機が飛んでくると、山上の敵陣目がけて、急降下に移った。爆弾が投下され、黒煙が吹きあがる。つづいて銃撃をくりかえす。

九時ごろになって、湾口から掃海艇がやってきた。つづいて、駆逐艦もくる。不幸にして、先頭にいた第九号掃海艇は触雷で沈没したが、つづく掃海艇、駆逐艦は、敵陣めがけて艦砲を浴びせた。

敵のたてこもる山は峻険である。わが軍は地形の不利を考えて、機の熟するのを待った。そして、夜にはいった。三日の黎明攻撃開始は目前にせまった。

部隊は、二日間の炎熱と戦い、苦戦に苦戦をかさねたが、最後の勝利に向かって、全力を傾注している。機は熟した。部隊は攻撃行動に移った。

敵が頼みとする最後の陣地が眼前にせまったとき、東天が白みかけたなか、山上高く白旗がひるがえった。

　辛苦に辛苦をかさね、苦戦に苦戦をつづけて、ついに飛行場の攻略は終わり、勝利の栄冠はわが軍の頭上に輝いた。停戦のラッパは、澄みきった青空に鳴りわたっていった。

　まもなく、オランダ軍の武装は解除された。飛行場高く軍艦旗が掲げられ、ついで畠山司令官の将旗も揚がっていった。

　のちに、私の従兵の井上兵長は語った。

「私は第一次上海事変、第二次上海事変と、二回も上海で陸上戦闘に従事しましたが、アンボン攻略戦ほど激しい戦闘ははじめてでした」

　アンボン市内では市街戦もおこなわれたが、敵はもろく、難なく占領することができた。

　しかし、理事官々邸（海軍司令部の南、公園をへだてた豪壮な建物）の裏を流れる川の上流にあった二つの重油タンクは放火された。また、商船桟橋の南方、石炭桟橋に野積みされた石炭は、炎々と焼えつづけた。ベンテンの海岸砲は破壊され、破壊されないものは尾栓をうしなって、使用できるものはひとつもなかった。

　占領後、現地民たちは口をそろえて、こういった。

「日本の飛行機がやってきて、一番先に逃げたのはオランダ軍だった。そのつぎがオランダ人だった。そして、彼らが逃げる自動車のために、われわれが轢《ひ》かれた」

住民復帰工作のために

私はチモール作戦のために赴任をいそがされたが、この作戦は、海上部隊は第二水雷戦隊司令官の田中頼三少将（海兵四十一期）が指揮し、陸上部隊は、陸軍が伊東支隊、海軍が福見幸一少佐の指揮する落下傘部隊となったので、第二十四特別根拠地隊は関係がなくなった。

そこで、第二十四特別根拠地隊としては、まず足もとを固めることとなった。

蘭印の軍政は、旧イギリス領ボルネオおよびジャワ、スマトラのほかは、海軍の担当と定められていた。アンボンに設置される民政部は「セラム民政部」とよばれ、当分のあいだ、私が民政部長を兼務した。管轄区域は、小スンダ列島以東、ハルマヘラ諸島から蘭領ニューギニアにいたる大きな区域であった。この区域は、第二十四特別根拠地隊の管轄区域とおなじである。

まず最初に着手したことは、住民の復帰工作と治安維持の確保であった。治安の維持は陸戦隊でやり、しだいに現地警察を育てて、これを主体にして、陸戦隊は支持していくように移行することにした。

わが陸軍が占領し、憲兵が治安維持に手をつけたさい、一警察官だった現地民が、いちはやく協力を申し出てきた。憲兵がためしに使ってみて、よろしいという結果が出たので、陸戦隊が引き継いだのである。

私が着任してすぐに、機関参謀のもとに現地警察官がきたので、彼を育てることになった。

その他については、民政部職員には、私とおなじように兼務となっている軍医長と主計長しかおらず、実情も、言葉もわからない状況なので、武田、飯田の両通訳の協力をたよりに出発した。

　武田、飯田の両氏は、私より三日ほど前に当地にやってきたという。武田氏はジャワ方面に三十年もいて、三菱倉庫の支店長をつとめていたそうだ。

　マレー語はとくに達者で、洒落もいえた。現地民も、この人にはピリピリしていた。主として兵器の回収をやっていたが、ときにはどんなところへも出かけ、宣撫工作をおこなっていた。

　飯田氏は以前、小スンダ列島のバリ、ロンボック方面で、米の取り引きを主としておこなっていた。在任は短かったが、市内の経済関係にもたずさわっていた。

　着任した翌朝、両氏がやってきて、今後の仕事について、私の指示をあおいだ。しかし、私はまったく白紙の状態で、今後の方針について、確たる考えがあろうはずもなかった。そこで、これまでの勤務を続行してもらうことにした。

　しかし、そこにはおのずから枠がある。私も事情を知り、工作の情況を知る必要があるので、出かけるときと帰ったときに、その日の情況を報告してもらうこ

著者が兼務した民政部長が所属するセラム民政部の建物

とにした。

病院は、元の市民病院をひらかせて、軍医長が指導した。さらに、薬も必要に応じてわけることにした。

それから一日、二日した朝八時前、両氏が私のもとへきて、住民復帰工作のため、各区の区長（ラジャ、部族長の意）を集めたので、訓示をしてくれという。私はさっそく白の第二種軍装に着がえた。どうも現地民には、純白の服が一番効果があるらしい。

司令部の南側の入口に集まった区長たちの前に、私は立った。そして、戦闘はすでに去り、ふたたびアンボンに平和が訪れたことを強調し、すみやかに復帰して、安居栄業すべきを伝えた。さらに、次の要旨を話した。

「われわれは、君たちを、長きにわたる暴戻《ぼうれい》飽くなき白人たちの支配桎梏《しっこく》から救いにきたのだ。当地では昔から、白馬にまたがった人が、苦しみにあえいでいる自分たちを救いにくるといわれているが、日本の天皇は、いつも白馬をお召しになっている。君たちの予言が、まさに適中したのだ。われわれは、その天皇のご命令でやってきたのだ。君たちは、われわれの庇護の下に、かならずや安楽に暮らせるようになるはずだから、安心して一日も早く帰ってきなさい」

はじめて見るアンボン人。彼らはすでに、三百年も西欧文化に浴している。裸にサロン一つではなく、色はすこし黒いが、一般に上衣は白、下はサロンで、靴をはいた者も相当にいる。区長たちは、すこしススけたような顔に、灰色の鬚をたくわえ、眼光炯々として熱心に聞いていた。そのなかには、色が白く、デップリとふとった華僑もいた。

その翌日だった。庶務主任の藤原主計中尉が、若い現地民と一緒にあわただしくやってきた。

「先任参謀、ただいま、この洗濯屋が、陸軍の兵隊が洗濯物を全部カッパラッて、もっていってしまったと届けてきました。司令部のものもやらせているんですが……」という。

「そりゃいけない。すぐにいって、その兵隊をつかまえてください。文句をいわさずに引っ張ってくるんだ」

藤原主計中尉は洗濯屋と一緒に、南の方へ走っていった。すると、付近にいた住民たちが、陸軍の兵隊が拳銃をつきつけて、どうした、こうしたと、いろいろと悪口が出てきた。なにかひとつ事がおこると、旧悪が暴露されるものである。

すぐに、藤原主計中尉が帰ってきた。報告によると、洗濯物のカッパライは事実で、陸軍の兵隊が両手にかかえきれないほどもって、山の方にいくのを発見した。洗濯屋が「あれです」というので、ただちに捕まえて洗濯物をとりかえし、きびしく詰問した。

兵隊は事実を認め、平謝りに謝って、どうか姓名だけは聞かないでくださいと懇願する。藤原主計中尉は可哀そうになって放したという。

「何だ、それは惜しいことをしたな。部隊長には、なかなか部下の悪いことは耳に入らないものだ。このさい、証拠をつきつけて、軍紀を大いに振粛してもらおうと思ったのに」

といったが、仕方ない。藤原君は東大法科出身の二年現役で、温厚上品な君子人であった。

ある日、機関参謀が通訳と一緒に隠匿兵器の摘発のため、民家をまわっていた。ある中国人の家へいくと、男が一人いたので屋内を案内させた。ところが、ある部屋の前にくると、男はたちふさがって退かない。ここを見せろといっても、男はなにもないと頑強にはばむ。いよいよ怪しい。

武器を隠匿しているに違いないと考えられた。

「開けて見せなければ、これだぞ！」

といって、軍刀をガタガタさせ、右の拳をふりあげた。男はやむなく、やっと開けた。みると、なかには年頃の娘が三名も入っていた。

機関参謀も通訳も驚くとともに、おかしくもあり、我慢できずに吹き出してしまった。これも陸軍兵の悪業のせいだった。

海軍の兵隊はどうかと尋ねたが、さいわいにして、そんな評判は耳にしなかった。

その日の夕方、夕食後にベランダで雑談にふけっていると、主計長が、現地民の男四人が、お婆さん一人をなかにして司令部の前を通っていった、といって喜んでいた。これが現地民の女で街を通った最初だそうだ。

その翌日は、若い女が男と一緒に、二、三人が通った。もうこれでしめたものである。

その翌日のことである。通訳が憤慨しながら帰ってきた。

「山から降りてくる現地民を、陸軍の兵隊が待ちうけていて、荷物の検査を勝手にやってですね、めぼしいものはみな取りあげてしまっているんですよ。昨日も、写真屋がレンズをとられて、せっかく山から降りてきたのに、また逃げ帰ってしまったそうです。安心して帰ってきだしたのに、これですっかり駄目です」

彼らは毎日、山に入って彼らを説いてまわり、本当に苦労しているので、がっかりしたことであろう。私もおなじであった。

私は、ただちに伊東支隊に人をやって、事情をよく説明して、厳重な取り締まり方を依頼した。

陸軍がチモール作戦に出ていくのは、あと三日だ。こんな情況では、出発のまぎわに何をするかわからない。これを防ぐために、同夜から出発までの二晩、海軍において非常警戒を実施することにした。司令官に許可を得たので、主計長を伊東支隊にやって通告させた。

「陸軍が出ていけば、あとに残る海軍は小部隊だから、そのドサクサにまぎれて、現地民がどんな陰謀をはかるともかぎらない。その混乱を避けるため、海軍は今夜から当分のあいだ、夜間非常特別警戒をおこなうので、陸軍でも、夜間の外出などに関しては、とくに協力していただきたい」

そして、陸戦隊司令を呼び、その旨をいいふくめて、日没から翌朝七時まで、街の辻々に哨兵を立て、さらに巡邏《じゅんら》をだすことにした。

陸軍が乗船して去ったのは、私が着任して九日目だった。私は司令官に随行して、桟橋まで伊東支隊長を見送った。

陸軍が出発後、すぐに特別警戒をといた。それからは現地民も、すこしずつ復帰してきた。

飯田通訳が商工会議所を捜索していると、一葉の写真が目についた。その写真は、重慶政府に国防献金した中国人の記念撮影で、しかも何元何十何銭と、金額まではっきりと書いてある。いいものを見つけた。

蘭印で商権をにぎっているのは、華僑とアラビア人である。そのうちでも、実権は華僑がにぎっていた。この写真さえあれば、アンボンの中国人に協力させるのは、わけはない。そこで、さっそく主要な中国人を商工会議所に集めた。

「君たちが、重慶政府にどれだけ国防献金をしたか、私はよく知っている。献金した人も知っておる。このなかにもいるはずだ。しかし私は、今ただちにその罪を問おうとするものではない。要は、これから君たちが、日本軍に協力するか否かにあるのだ。もし全幅協力するなら、その罪を許すであろう。しかし、協力をこばむなら、やむを得ず、罪を問わねばならぬ。どうだ」

彼らは例の写真は念頭になかったが、即座に協力を誓ったという。その後、銀行や郵便局、その他の官衙《かんが》、会社などを主計長と一緒にまわったが、すべての倉庫は破壊されて一銭も残っていなかった。

残された部隊

アンボンに残った部隊は、第二十四特別根拠地隊司令部、呉鎮守府第一特別陸戦隊、第二十四通信隊、設営隊、軍需部であった。

ラハ飛行場の第二十二航戦も、水上機基地にあった飛行艇隊も、ともに前線に進出していった。

第二十四特根司令部は、陸軍が出ていった翌日、理事官々邸にうつった。そして、海軍の伝統にしたがって、勤務所即居住所にしたが、部屋の都合上、どうしても入りきれない。そのため、すぐ前の家と横の家をあわせて寝室とした。しかし、司令部付の下士官は一人もいなかった。

呉一特は第二十四特根にはいっておらず、いまだ第三艦隊付属であった。第二十四特根司令官は、作戦指揮の命令しか受けていない。四月一日に呉一特が解散され、その人員をもって第二十四特根本隊が編成される予定であって、それまで、第二十四特根司令部は司令部付下士官兵を一人も持っていなかった。そこで呉一特と交渉して、約十名ばかりの兵隊を、借用証をいれて借りだしていた。

第二十四通信隊は所轄として、第二十四特根司令官の麾下《きか》にはいっていた。受信所を、司令部から百メートルほど北にいった三差路の小学校に置いており、すこしずつ拡充することにしていた。

また送信所は、司令部から南西へ二、三百メートルのところにつくり、送受信所間には地下管制線をひき、受信所で管制できるようにした。

呉一特は、海岸の旧城郭の中にいた。占領直後に、新司令として林鉦次郎中佐（海兵五十一期）が着任した。軍需部と設営隊は、ラハ飛行場にいた。工員の柄が悪いということで、悪評しきりだった。

軍需部長の久保機関大佐は、仕事の関係上、幹部だけをつれてアンボン市内に事務所をもうけ、工員たちも連れてきたいと交渉にきた。しかし、彼らを市内にいれては、日本軍の評判を落とすだけでなく、治安を乱し、さらには、安寧を害するおそれもあるので、私は司令官の意を体して許さなかった。

しかし、久保部長は特務大尉と二人で、司令部に日参をはじめた。その熱心さには動かされた。そのかわりに条件をつけた。

一、工員の居住は、ベンテン兵舎に指定する。

二、もし不始末があれば、ただちに市内から追放する。

特務大尉はベンテン兵舎と聞いて、驚いてしまった。ベンテンは、市内からだいぶ南の方にある。すくなくとも四キロ以上はある。海岸通りは平坦だからまだいいが、それからさらに、山を十五分以上いかねばならない。

作業の都合上、どうしても具合が悪いとねばるが、ベンテンがいやならラハにいろというと、ようやく彼は諦《あきら》めた。そして、私が兵舎にいて、躾《しつけ》ますからと約束して帰っていった。彼の事務所は、病舎の近くだった。

設営隊は飛行場の整備作業があるので、そのままラハにいた。このほか、特根病舎の施設をいそいだ。これには、軍医長がもっぱらあたったが、オランダ軍が使っていたものを、そのまま引き継いで整備した。

そして、その前にある病舎を市民病院とし、現地民の医師に整備させた。病舎の位置は市の南部に近く、送信所の南西約百メートル余にあった。

平和は訪れて

捕虜のうちオーストラリア軍とオランダ軍は、アンボン北方のガララ兵舎に収容してあった。一方、現地兵は市内に収容していた。そして、陸軍が出発してからは、呉一特がこれらの管理にあたっていた。

捕虜はみな、おとなしかった。当局の方針としては、現地兵捕虜のうち特別の者をのぞき、なるべく早く釈放することになっていた。アンボンの捕虜も協力的だったので、私は釈放することにした。

その中に、メナド人の大尉とジャワ人の中尉がいた。とくに中尉は、積極的に協力してくれた。

釈放にあたってメナド人大尉は、セラム島で農園をやりたいというので、彼の意志にまかせた。また、ジャワ人中尉は、ジャワに帰りたいというので、ジャワまでの船賃と、食糧、小遣銭、護身用の拳銃をあたえて帰した。彼らは、とても喜んでいた。

私が現地兵を釈放してから、毎日のように通訳室に押しかけてくる女性が二人いた。私が通訳室にいたときも、その女性がやってきて、自分たちの主人も釈放してほしいと、泣きながら頼んでいる。

事情をたずねると、彼女たちの主人は、一人はバイテンボス、もう一人はアムネといった。ともに職業軍人ではなく、バイテンボスは花屋、アムネは中国人経営の質屋の番頭であった。

開戦直後、強制的にオランダ軍に編入されたという。

私は、ガラフの通訳に調査させた。すると、バイテンボスは信仰心の厚いキリスト教徒で、自分を現地兵ではなくオランダ軍にいれているのは怪しからんと、オランダ軍の副官に喰ってかかっているという。

アムネの方は、おとなしいのか、ボンヤリしているのか、黙々として楽しまぬふうだという。ともに現地民であることにまちがいなかった。

バイテンボスの家は、以前に宿屋をしていただけに大きく、飯田通訳は敵資産の家具調度品をここに集めて保管していたし、水交社を開設するのに、この家よりほかに適当なものが見つからなかった。

このさい、ここを水交社として借り、アムネの妹たちを給仕にしたらという意見があり、彼女たちの承諾を得て、主人たちを釈放した。

山に避難していた住民は、通訳の復帰勧告で帰りかけたものの、陸軍兵の掠奪で逆もどりしてしまい、なかなか復帰しようとしなかった。陸軍がいなくなっても、彼らは復帰をこわがっていた。

われわれの方でも、電灯のないのは不自由だった。機関参謀は、これの復旧に呉一特の電気兵をかりだして、整備に全力をつくしていた。発電所は、桟橋地帯の入口付近にあった。周囲には、掩体を高くきずいてあるので、被害は少なかった。むしろ、送電線の方がズタズタだった。

ところが、いいあんばいに、発電所にいたという現地民を通訳が捜しだしてきたので、整備はさらにはかどった。また、現地民も一生懸命に協力してくれた。

そのため、陸軍がいなくなって二、三日後に、一部の送電ができるようになった。一週間後には、市内全体に送電ができた。

これらの電灯をつけたら、現地民も懐かしがるだろうというので、敵機の飛来もないところから、街灯を煌々《こうこう》とつけてみた。この案は、みごとに成功した。

海軍少佐時代の著者

山に避難してからは、ひさしく夜を楽しめないでいた。ことに熱帯地では、昼間はひどく暑いので、夜を楽しむのが一番だ。それに、蠟燭も油もきれてしまっていた。山の現地民たちは、市内にともる電灯を見て狂喜した。

アンボンに平和きたる！

彼らは、ぞくぞくと山を降りてきた。三日目には復帰も完了して、市内は一挙に賑やかさと明るい気分とをとりもどした。ところが、すぐにぶつかった問題は食糧であった。

主食は米だが、アンボンは物資集散地のため、産物はテンケ（丁子《ちょうじ》の実）がすこしあるくらいで、ほかにはなにもない。

水田は皆無である。米は小スンダ列島のバリ、ロンボック両島にあおいでいた。しかし、この地方は現在も作戦中で、そこからの補給は望《む》めなかった。

そこで、政府倉庫に保管してあった、だいぶ蒸れだしていた籾《もみ》を精米して供給することにした。これも、ほんの少ししかない。けっきょくはオランダ時代に、食糧欠乏を見越して栽培を奨励していたタピオカ（比島でカモテンカホイというイモ類）に頼るほかはなかった。

生鮮食糧品は、飯田氏がいちはやく目をつけて、海岸に市場を開設した。店舗料一日十銭で、これは住民に喜ばれた。数日にして繁昌の一途をたどり、肉、魚、野菜、果物などから日用品まで、ぞくぞくと店にならんだ。

私はその評判を聞いて、一週間目に見学にいった。たいした繁昌だった。

また、住民のことにとくに関心の深い、心やさしい司令官は、自分一人で見てこられたらしく、「たいした繁昌ぶりだねえ。みな、とても嬉しそうだった」といって、相好をくずしておられた。

街には、いろいろな店ができた。呉服屋、質屋、駄菓子屋、果物の屋台などで、呉服屋が一番繁昌した。これらは、アラビア人、中国人の店だが、お客は日本人が多かった。輸送船の連中が買いこんだため、品物はすぐに半減した。

主計長は住民用がなくなるのを心配して、日本人には司令部発行の切符がなくては売らないようにしたが、今度は住民に頼んで買うので、効果は半減した。

飯田通訳は、占領地域からの買いこみを許し、これにたいする販売価格の統制を実施したが、正直に守られて効果も大きかった。

中華料理屋もできた。貧弱な店だったが、ほかになにもないので、兵隊たちには喜ばれた。椰子酒屋には、設営隊の工員がよくはいった。

オンキーホンの成功

桟橋の南方には造船所があった。ここには、つくりかけの小船が二、三隻あったが、施設は大半が焼けてしまっていた。

機関参謀は、この造船所をなんとかできないかと一生懸命だった。彼は通訳を通じて持ち主をさがした。持ち主は中国人で、オンキーホンという五十歳ほどの男だった。

彼は、通訳と一緒に司令部に出頭した。彼はドイツに造船技術の研究にいき、一職工となって働いた。数年後には、さらにイギリスにわたった。イギリスでも造船所で技術をみがいた。そして、帰国後、この地で造船所を起こし、全財産を惜し気もなくそそぎこんでいた。

ところが、オランダ軍が降伏したさいに重油タンクに放火し、その重油が川に流れこんで、桟橋付近から回教大伽藍《がらん》、造船所一帯を焼いてしまった。

そんなことから、彼はすっかり気を落とし、現場を見にいく元気もないという。また、彼は子供の教育にも熱心で、長男をジャワの学校にやっていたが、戦争がはじまったため、生死不明だという。

機関参謀は、なんとかして彼を再起させたいと思い、ずいぶんと気をひいてみた。機械類も提供するといったが、なかなか立ちなおってはくれなかった。

もしかしたら、採算と資力との関係から渋っているのではないかと考え、造船所は機関参謀が管理し、オンキーホンには、技師長として月俸八十円を支払うことで再度交渉したら、彼もやっとやる気を出してくれた。

まず押収した船や、焼けた鉄船に手をつけた。つくりかけの小船も建造を再開した。オンキーホンはじつに献身的に働いた。職工がたりないので、以前に使っていた人間を探しだしてきたりもした。

特殊技術者のなかには、オランダ人によって投獄されている者もいた。調べてみると、犯罪をおかしたわけではなく、オランダ人に非礼をしたためとわかった。ただちに出獄させて働かせた。こうして、成果はたちまちあがっていった。

また、余剰動力で製氷機を動かし、できた氷は軍需部にわたされた。石鹸もつくった。これも軍需部におさめられ、市中にも出荷した。

それだけではなかった。イギリス製の四十ミリ機銃が、すべて尾栓をはずして、どこかに捨てられてあるという。掌砲長の坂本特務中尉が血眼になって捜した結果、一梃だけ草むらの中から探しだした。

そのとき、工作艦が入港していたので製作を依頼したが、図面作成に三ヵ月、尾栓製作に三ヵ月の合計六ヵ月がかかるという。それではと、オンキーホンに交渉してみた。半月ほどでできあがり、試射にもみごと成功した。

機関参謀が熱心に交渉し焼失から復興したオンキーホン造船所

このようにして成績をあげるので、まもなく艦隊司令部の目にとまり、播磨造船の立野氏が買収にやってきた。南洋興発社長の栗林徳一氏も見学にきた。そして、一年後にオンキーホンは、司令官に褒賞されたのである。

アンボンの表玄関である桟橋付近は、まったくの焼け野原であった。司令部が本格的に動きだし、市もしだいに復興してくると、一日も早く整備しなくてはならなかった。

海軍の建築部ははなはだ消極的で、官僚的なところがあり、評判がよくなかった。そこで機関参謀は、建築部と現地民の建築家に、桟橋倉庫の設計見積もりをやらせてみた。現地民の方は、建築部の半額、半期間で見積もってきた。あまりにも違いすぎるので、呼びつけて念を押してみたが、間違いではないという。

建築部では飛行場の作業もあり、現地民の復興意欲の刺激にもなるので、彼らにやらせることにした。そして、司令部の見張りをつけたが、工事は進捗していった。予定期日よりも早く、しかも、当方の注文をうけいれてみごとにできあがった。われわれも感心し、彼らも喜んだ。艦隊司令部も痛く喜んでいた。

新聞もすぐに発刊のはこびとなった。この方は、斎藤武二君が担当した。彼は南洋興発の社員だった。戦前はニューギニアにいて、アンボン、ハルマヘラ方面にもいっており、現地民やオランダ人に知人もいたので、第二十二航戦の通訳をしていた。

父親は元アメリカ航路の船長で、その後は「昭和の桃太郎」として、単身南洋に乗りだしたという。

新聞も、しだいに発展していった。はじめは週刊だったのが、二、三日おきとなり、ついには隔日刊となった。

さらに大きな問題に、水道があった。陸軍がいたころは、陸軍が管理していたので、使い放題だった。さらに、作戦に出る艦船にも補給したので、水ガメはカラカラになった。海軍部隊の使用にさえさしつかえているところに、住民が大量に復帰してきたのである。井戸はないし、あわてたのも無理はない。

施設を調べてみると、水源地は司令部の裏山約六キロにあった。深い山の奥である。掘り抜き井戸をベトンでかこみ、外部からのぞくことができないようにして、そこから四インチほどの鉄管で水をアンボンまでひいていた。

そして、海岸に地下貯水タンクがあって、ここから市内にくばられる。こんな構造だから、水量も市内の供給には充分でなかった。

機関参謀は、タンクへの貯水にかなり苦労していた。司令部はじめ、市内の断水を強行した。この強硬な行動が、好結果をもたらした。その後も水道は機関参謀が管理して、通訳を一名担当させ、経験のある現地民をつかった。

もともとアンボン人は、白人の統治に三百年の歴史をもち、それだけに知性が高く、オランダも彼らを教育して官吏とし、直接住民にあたらせていた。

アンボンは、これら元官吏の別荘地となっており、その八割が恩給生活者であった。そのため、日本軍の占領後は恩給がとだえ、さっそく生活に困っていた。

いよいよ生活に困ると、彼らは通訳事務所に相談にきた。通訳も親切な人ばかりだったし、司令官がまた統治と民生の安定に心をつくしておられたので、その意を体して、いろいろと相談に応じていた。

通訳たちも、街をまわっては市民の声を聞いていた。

あるとき、飯田氏のもとに、街から中国人を追放してほしいといってきた。

「よし、追放してやろう」と応じたが、

「しかしだね、商売の方は、すべて中国人がやっているから、いま彼らを追放してしまうと、商売は君たちがやるんだな。そうなると、品物はどこから仕入れてくるのかね」と聞いた。

「わかりません」

「それじゃ、商売はできないよ。商売する人がいないと、すぐに君たちが困るじゃないか。それでは、やはり追放できないな」

ということでケリがついた。

また、別の時に、武田氏がきて、雑談の中で、ジャワの王様の皇太子がいるという。とっぴな話で、私たちは気にもとめずにいた。その後、しばらくして斎藤君がやってきた。

「先任参謀、ちょっと、ご相談にあがったのですが。ジャワのソロ王の弟がいまして、十数年前に、理事官の要求でジャワからアンボンに使節としてやってきたそうです。ところが、そのまま当地で人質にされ、帰れずにずっとアンボンにいるのだそうです。戦争のために送金もとだえ、とても困っています。なんとか、すこし融通《ゆうづう》していただけませんでしょうか」

という。

私は、これらの人たちが何の理由もなく、このようにして白人の迫害にあっていることが気の毒でならず、同時に義憤を感じてもいた。

私はさっそく主計長に命じて、機密費から三千円を渡すことにした。

また、武田氏はニューギニア王がいるともいってきた。彼は監獄につながれていた。さらに、ニューギニア油田の技術者が、五十名ほどいるというニュースもあった。

アンボン市内の治安はたもたれ、復興の一途をたどっていたが、裏山にはかつての理事官の愛人が何人かいて、彼女たちの父親が付近を牛耳っていた。

しかし、わが軍の占領で、彼らの勢力が一挙に落ちてしまった。そこで、事あるごとにわが軍に楯をつき、虚勢を張っていた。

彼らの居場所は水源地に近い。淡路島より小さい島に、わが軍の威令がおこなわれないところがあっては、威信にかかわる。ここにおいて、彼らを戡定《かんてい》することになった。

灼熱の戡定作戦

オランダ領当時、理事官の愛人の父親たちは、その関係で勢力を張っていた。しかし、新しい事態に順応せず、なかなか帰順しないのみならず、言うことをきかない。その連中が、現地民情報によると武器をたくわえ、塹壕を掘って、戦備を着々ととのえているらしい。

一方、わが方は、唯一の麾下《きか》兵力である呉一特は、新司令の林鉦次郎中佐(海兵五十一期)が占領後に着任したが、兵力は増強されなかった。しかも、攻略戦で相当に消耗しているので、武器の充実をはかるほかなかった。そこで、鋭意その方面に意をもちい、とくに鹵《ろ》獲《かく》押収兵器の完備をはかっていた。戦車、山砲、機銃、小銃、迫撃砲などの兵器が増えた。

二月も下旬となり、兵隊の休養も一段落ついた。そのころ、市街の北東山地方面で、武装民が通行人をさかんに威嚇《いかく》しているという情報があった。

さっそく現地民の巡査を調査に向かわせたが、発砲されたといって、青くなって逃げ帰ってきた。さらに、東方の山(水源地方面の裏山)では、塹壕を構築し、武装民約百名が厳重な警戒のもと、通行人を検査しており、その勢力はあなどれないものがあった。

私も通訳を通じてくわしく調べたが、その付近は平坦な高原地帯で、奈良の若草山のような感じらしい。ちいさな起伏があり、道路に沿ってトーチカが九コ、塹壕は約五十メートルのものが二ないし三本が完成し、さらに増設中という。二、三回ほど偵察を出したが、いずれも同様の報告をもって帰った。

どうやら、これが一番の大物のようである。私は、呉一特約一コ中隊をもって黎明攻撃をおこなうべく、計画をたてた。当日、私は午前一時に起きて、自動車で裏山のサナトリウムまでいった。

部隊はすでにトラックで運ばれており、司令の林中佐が警戒行軍の隊形をつくる。やがて、部隊は徒歩で奥へ奥へと登っていく。あたりは真っ暗で、無数の星が澄みきった空にまたたいていた。

左はジャングル、右は谷で、谷間には大木が鬱蒼と茂っていた。物音ひとつ聞こえない静けさである。約一時間半も進んだころ、道は左側の尾根を横切って、反対側に出た。さらに右に曲がって、尾根の左側をつたわっている。

道の左側は十数丈の断崖で、せまい谷川となっている。すこし登ると、谷を横ぎる橋がある。部隊は橋の手前で停止した。前衛は、橋をわたってすぐの切り通しに位置し、尖兵がその先の高台に出て警戒する。

司令は斥候三組を出した。本隊は、斥候が帰ってくるまで休憩となった。その間に朝食をすませ、武装をなおしておく。従兵が、にぎり飯を持ってきてくれた。

時間は刻々と進んでいく。三時半もすぎ、四時に近い。黎明も遠くはない。しかし、斥候はなかなか帰ってこない。

司令は、前衛尖兵を進めだした。司令と私は、前衛尖兵の後尾について前進した。

切り通しを出ると、まもなく道は右に曲がり、二十軒ばかりの民家にはさまれて、尾根を急角度に登っていく。この方は前衛から斥候を出したが、馬の背のようで、情報による地形とはちがっている。

曲がり角から真っすぐに土手を登っていくと、すこしばかりの高台になっていた。私たちはこの方向に前衛を進め、道路には一コ分隊をのこした。

前方をよくさぐると、高台の先は深い谷になっていて、高台には何かの施設も、武装民も見当たらない。谷の向こうは急な傾斜で、さらに高い高原になっているらしい。

そちらにも一組の斥候が派遣された。道路には異常が認められなかったので、警戒兵を少し進めて、本隊を切り通しまで出した。

夜は次第に明けはじめた。ようやく人の顔も見分けられるようになった。前方から斥候が帰ってきたが、何も異常はないという。

右の道路を登った山の中腹に、なにかがうごめいている、と司令がいう。一同は緊張した。前衛と警戒兵は、ただちに身がまえた。

司令と副官は、「射つな、斥候かもし知れない」といって、双眼鏡で凝視する。はたして、それは将校斥候だった。その報告にも、別に異常はなかった。

これまでの情報によると、道路を登った付近があやしい。そのとき突然、道路を登りつめたあたりに、トーチカらしいものが見える、と司令がいった。

私は、司令に教えられるままによく見ると、なるほど電柱のすこし左の草やぶにおおわれた穴のようなものが見える。勾配は急だし、道は馬の背となり、その道以外は通れそうもない。攻撃は難物だなと思った。

どうしたものかと思案していると、司令が、迫撃砲を二、三発射ちこんでみたらどうか、という。もし応射すれば敵にまちがいないし、応射しなければ考えなおせばよい。私は承知した。ただちに迫撃砲がすえられ、三発が発射された。迫撃砲特有の甲高い炸裂音は、暁の山に反響してすごかった。

しかし、なんの反応もなかった。いよいよもってわからない。

仕方がないので、その集落の族長をつれてきた。白髪まじりで、われわれとおなじような体格の男であった。武田通訳は、この男が理事官の愛人の父親だという。

いろいろ訊問するが、いっこうに要領を得ない。ともかく彼に案内させて、馬の背の道路を登ってみた。彼は前衛尖兵の先頭を歩かせ、腰に綱をつけて、逃げないようにしてある。彼を先頭にしておけば、急に射たれることもないと思ったからである。

私は司令とともに、本隊の先頭についた。道は険峻で、石段あり、横木あり、よじ登るようにしていくうちに、日が照りつけて、汗は滝となって流れ、目がくらんだ。

九時ごろ、フラフラになって八合目にたどり着いた。そこには、黎明に見たトーチカがあった。古いものらしく、木材はくさり、堆土もくずれかけていた。しかし、金網がつけられ、巧妙に偽装されて道路を睥睨《へいげい》しているのを見ると、まさに要塞といえた。しかし、別に警戒しているようすも見られなかった。現地民のいう平坦地とはこれかと、うたた感を深くせざるを得なかった。

三十分ばかり休息して、ふたたび前進をつづけた。まもなく、平坦地に出た。このころには目もくらみ、頭痛さえ加わってきた。フラフラし、なおも進むうちに、樹間からわずかに東岸が見えてきた。

部隊は一時停止して、尖兵と斥候だけが急傾斜の曲がりくねった道を降りていった。時計はすでに十一時をさしている。

司令がやってきて、

「先任参謀、この先もたいしたことはなさそうだし、今日中に帰れぬとなってもまずいので、ここで前進を止めたらどうでしょう。斥候の報告によると、この右下に小集落があるそうですが、持ってきた迫撃砲の弾薬を持ち帰るのも大変だし、この村も帰順していないから、威力をしめすために、射ちこんでみたらどうでしょう……」

という。それもそうだと思い、同意した。

迫撃砲の用意ができるまで、腰をおろして休むことにした。そうしているうちに、盆をくつがえしたような驟雨《しゅうう》となった。一同は慈雨だといって喜んだが、すぐにズブ濡れとなり、すこし寒くなってきた。驟雨は三十分くらいで通りすぎ、ふたたび太陽が照りつける。

迫撃砲の準備ができた。帰順はしていないといっても、彼らに怪我をさせてはいけないので、照準は集落の北はずれとなる海岸の砂浜に向けた。

携行してきた二十七発は、またたく間に射ちつくした。昼食後に帰途についたが、帰りは下り道でもあって、往きにくらべると楽であった。

翌日は朝早くから、司令部前の通訳事務所に、未帰順の族長たちが列をなしていた。話を聞いてみると、昨日の迫撃砲射撃が計画どおりにいって、なんら損害はあたえなかったが、彼らはパニックにおちいったそうである。

このことがいちはやく全島に伝わり、これはいけないというので、まだ暗いうちから帰順するために押しかけたのである。

グースチー一族

「工作」というと、なにか謀略でもやるような感じがしないでもないが、宣撫工作とはそんなものではない。むしろ、先方から飛びこんできたのを、こちらは親切にしたと思えば適当だろう。

ジャワのソロ王の弟との関係ができたのは、私が着任して、あまり日がたたないころだった。私も忙しかったし、彼とはその後、しばらくは直接の交渉はなかった。彼がアンボンで、どのような生活をしているかも、私は知らなかった。

日本軍が占領してから、回教徒たちは協力的な態度を積極的にしめしてきた。彼はいつも、その先頭に立っていた。あるとき、彼らは旗を押したてて、数百名で示威行進をやった。そして、司令部までくると、司令官に挨拶したいと申し出た。

司令官は玄関に立たれた。すると、ソロ王の弟が祝詞を述べ、さらに万歳をやって、みな大喜びで帰っていった。

その後、司令官がマレー語の稽古相手に、現地の上品な子供が欲しいといわれた。わたしたちの候補になったのは、医者の子供だった。日本語が上手で、愛国行進曲などを歌いながら、司令部の前を歩いていくのを見かけた。

私は通訳に相談した。すると斎藤君は、もっと上品な子供がいますという。その子とは、例のソロ王の弟の子供だった。斎藤君の交渉で、その子が司令部にくることになった。

その子がくる日、待っていたが、なかなか来ない。夕刻近くになって、斎藤君が心配してきた。まだ来ないというと、おかしいですねといいながら、ふたたび交渉にいった。

すると、司令部から迎えの自動車がくるのを待っていたという。王室一族だけに、たいした見識である。

翌日、下男にともなわれて子供がきた。年齢は十四歳、とても上品で、利口そうである。司令官も喜んでおられた。

子供の名前はサパルダといった。ある時、主計長がボーイと呼ぶと、僕はボーイじゃないとたいへん怒ったそうである。

司令官が父親の名前を聞くと、グースチーと答えた。さらに、姓と名があると思い、たずねてみた。しかし、両方とも相手に充分意が通じるほど語学が進んでいないので、わからなかった。

それから一年ほどたって、第二南遣艦隊先任参謀の田村君が、

「おい、グースチーというのは、名前ではなくて、親王殿下のことだそうだ」

という。斎藤君に調べてもらうと、そのとおりだった。サパルダは「皇子」の称号とわかった。彼らには姓名はなく、称号だけらしい。

家族は、グースチー夫妻と、サパルダを長男に、妹三人がいた。みな可愛く、上品な人たちであった。

グースチーはオランダに留学しており、頭はするどいが、オランダは嫌いだという。兄のソロ王がオランダにだまされて、どのようなことになっているかと、たいへんに心配していた。アンボンにきてから十六、七年になり、サパルダもアンボン生まれだった。ジャワ人はアンボンにくると、かならずグースチーのもとにまず伺候するという。

食べられなくなると、彼のもとで厄介になるそうである。彼は十三名の楽人をかかえており、ときには夜通し音楽をやっていた。下男もたくさんいるようである。あるとき、現地の踊りを司令部の前庭で見せてくれた。

現地民がグースチーに言葉をかけるときは、五メートルほどはなれて土下座し、最敬礼をしてから二メートルくらいまで這《は》っていく。

サパルダは、みなから可愛がられていた。日本語の上達も早かった。私の子供の手紙を見せると、それを持って帰り、両親に読んで聞かせたという。

司令部では、先任伍長が「金太郎」と名前をつけていた。グースチーは斎藤君に、金太郎の意味をたずねたそうである。ジャワでも「金」がつく名前は貴族を意味し、「太郎」は長男につけるものだというと、とてもよい名前だと喜んでいた。

ジャワのソロ王の弟一家。左端がグースチー、右端がサパルダ

グースチー一家とわれわれ司令部とのあいだには謀略的な関係はなく、清い交際がつづけられていた。交際はしだいに深くなり、サパルダの割礼《かつれい》には、みなが招待をうけた。

グースチーは私に、日本の事情をくわしく聞いていた。そして、サパルダを日本に留学させて、勉強させたいといっていた。

昭和十七年の暮れごろと思うが、私がスラバヤにいくさい、グースチーからソロ王あての手紙をことづかった。それからしばらくして、ソロ王からたくさんの金が、第二南遣艦隊司令部から私を経て、グースチーに送られてきた。

これで私からの補助は打ち切ることになったが、彼は十七年ぶりかでジャワに帰りたいといっていた。そのころになると、オーストラリアからの爆撃も増えてきた。

三千トンをこす貨物船「千光丸」が、アンボンに入港した。その指揮官が、私が兵学校生徒のときの教官、山本雅一中佐だった。そこで、山本中佐に頼んで、グースチー一家をスラバヤまで送ってもらうことにした。

山本中佐はこころよく受け合うと、六人部屋を空け、掃除までしてくれた。

家族は六人なので、ちょうどよかった。同行する下男は三人に減らし、前部の兵員室に収容した。

出発前、司令官はグースチー一家を司令部に招待された。出港の日は、司令官と私とが桟橋まで見送った。娘たちは、喜びはしゃいでいた。私の慰問袋に入ってきた紙風船などのオモチャを、ポケットにいっぱい入れていた。船が桟橋をはなれて、遠く見えなくなるまで、おたがいに帽子をふった。

セレベス近くまでは、飛行機や潜水艦の心配があったが、さいわいにも敵襲をうけることなく、無事スラバヤに着いたという。

宣撫工作いろいろ

もう一人の王族、ニューギニア王にはつぎのような話があった。彼は以前、オランダ領ニューギニアの全域を領有していた。ところが、オランダ人がニューギニアにきて、開発に協力したいとしきりに申し入れてくる。いかにも親切にいうので、最初は仲良くやっていた。

ところが、日がたつにつれて、彼らはしだいに難題をもちかけてきた。そのため、彼も嫌になって、ついにはオランダに反抗した。その結果、武力で鎮圧され、領土の二分の一から三分の一をとられて、島の西方に追いこまれてしまった。

それからは、オランダのやり方がことごとく癪にさわり、ひとつひとつ楯をついてきた。最後には、コカスを中心とする地区に押しこめられ、自分はとらえられて、アンボンの監獄にいれられたという。

話はちょっと大きすぎるようだ。オランダがニューギニアに手をつけてから、はたしてどれだけの年月を経ているか、その点、私には調べようもなかった。

しかし、どんな男かいちおう会うことにして、司令部に連れてこさせた。会ってみると、肌色こそだいぶ黒いが、灰色の髪に白鬚、身長は百六十センチくらいで高くはない。物腰にも落ち着きがあり、眼光は炯々《けいけい》として、まるでドイツの鉄血宰相ビスマルクを見るようである。

グースチーは色が白く、小柄の上品な文化人であったが、ニューギニア王は英雄タイプである。この男はひとかどの人物と思ったので、私は出獄を許し、保護することにした。しかし、彼の年齢を聞いて意外に感じた。

はじめに聞いたときは、サマサマ五十歳といった。サマサマとは「大約」という意味だそうだ。つぎに聞くと、サマサマ六十歳という。最後には、サマサマ四十歳となった。いったい、彼はいくつなのだ。

しかし、武田氏の話でなるほどとうなずけた。ニューギニアは常夏の国である。暦があるわけではなく、戸籍もない。年齢など、彼らにはどうでもよかったのだ。サマサマがわかれば上等であった。

彼は許されて、大変に喜んだ。すぐにでもコカスに帰って、日本軍に協力したいと誓った。ニューギニアには、わが軍はまだ手をつけておらず、きわめて都合がよい。

ついては、護身用の拳銃と船、当分のあいだの食糧をもらいたいという。そこで、船以外はすぐにあたえた。武田氏の話では、アンボンに彼の孫がいて、曽孫の赤ん坊もいるので、当座の金とミルク一箱をあたえた。彼は大喜びして帰っていった。

数日して、アンボン島の西側に、引き揚げられた船が一隻あるから、それを借用したいといってきた。船主も承知していたので、船賃四十円をだしてやった。コカスへの出発にさいして、彼は日本名を、ぜひつけてほしいという。私は考えたすえ、いかにも猛々しいところから「南猛雄」という名前をつけ、次の命名書を書いてわたした。

命名書

南《minami》猛雄《takeo》

皇紀二千六百二年二月〇日

海軍畠山部隊首席参謀海軍中佐

志柿謙吉㊞

彼は命名書をもらって欣喜雀躍、二月下旬にアンボンをあとに、故郷コカスに向けて出発した。

　宗教の問題は、われわれにはおかしいほど、深刻なものがある。初対面の挨拶でも、

「私はキリスト教徒の何某です」

「イスラム教徒の何某です」

という。そんな具合だから、相互の軋轢《あつれき》も大きなものがあった。

　オランダ政府の方針が、キリスト教徒にあらざれば人にあらずの方式にあるため、白人、キリスト教徒のインドネシア人、犬、豚、イスラム教徒（回教徒とはいわない）といわれるほどの差別があったらしい。そして、キリスト教徒のアンボン人は、師範学校や専門学校まで いけるし、官吏にもなれるが、イスラム教徒にそんな特権はなかった。

　このため、日本軍が占領してからは、イスラム教徒はこのさいとばかり、積極的に協力してくれた。

　それにひきくらべて、キリスト教徒は日本軍にたいして、ツンとすますようだった。司令官をはじめ、われわれには宗教的に彼らをどうしようという気はなく、ただ、協力してくる者は受け入れるだけである。

　司令官もわざわざ新聞に、そのことを掲載されている。それに教会の問題もあった。

　イスラム教の大伽藍が、ひとつだけアンボンにあった。それは桟橋の入口にあったが、付

近の火災で焼け落ちてしまっていた。イスラム教徒としては、お詣りする寺院がなくなったことになる。

そこで、司令官の注文で、私は民政部長として機密費を支出し、その大修理をおこなった。イスラム教徒が喜んだのはもちろんである。

ところが、キリスト教会は一区にひとつはあった。しかも、戦災にあったものはひとつもなかった。日本軍としては、なるべく住民に迷惑をかけないようにという考えから、ふだんは使われていない教会をよく利用した。

宗教心の薄いわれわれにはなんでもないことだが、彼らはひどく勘にさわったらしい。こんなことで、イスラム教徒とは関係が深くなっていった反面、キリスト教徒とはなかなか親密になれなかった。

二月下旬であったと思うが、通訳がニューギニア油田の技術者約五十名がいるといってきた。

彼らは、オランダによってニューギニアからアンボンに連れてこられ、さらにジャワへいく予定だった。ところが、日本軍の南進が早かったため、アンボンどまりとなったのである。

私は忙しい時間をさいて、彼らのひとりひとりと面接した。彼らは、かつてのオランダ時代、支配者のオランダ人の前では土下座をさせられていたのか、みな土下座をしていた。私が近くに呼ぶと、いざりながら近寄った。

彼らは油田開発についてとてもよく知っていた。現在はMとKとWの三ヵ所が試掘され、その三カ所だけでも年産八百万トンの計画だったという。戦前の全蘭印の年産が七百万トンであったから、それを上まわるものだった。

彼らが、その計画にたずさわっていたわけではなかった。彼らは雇われていただけで、オランダ人の会話を盗み聞きして知ったのである。それでも、燃料資源に困っていたわが海軍にとっては、まったく望外の話である。

私は念には念を入れ、ひとりひとりをくわしく尋問して、詳細に聞きとり、さっそくこれを海軍省に打電した。

三月はじめに、民政部の司政官三名が赴任してきた。塩見、岩瀬、堺田の三名である。

塩見君は台湾総督府の経済関係、岩瀬君は内務省関係、堺田君は警察関係の人だった。彼らはみな優秀な人たちであり、その筋の権威でもあった。

私は民政部長であるが、作戦にいそがしく、結局、民政の方は、彼ら三氏にまかせきりだった。

現地民にポペラという者がいた。相当に知識もあり、硬骨なところもあるいい男だった。彼は飯田氏が捜しだして、重要視していた。

ポペラはいう。

「私は、日本軍が好きだというのではなく、また、へつらうのでもありません。ただ、オランダが嫌いで、彼らには反感をもっています」

そして、いろいろとわれわれに協力してくれた。報酬を目的としてはおらず、これまでのオランダの支配にたいする反感が、彼にそのような行動をとらせたのだと思う。

動きだした司令部

昭和十七年の二月下旬か、三月上旬に、呉一特の補充人員約八十名と、ニューギニア方面に配備予定の兵力一コ中隊がアンボンに着いた。ニューギニア配備予定者の中隊長は、特務中尉三枝八郎である。

大正十二年四月、当時まだ摂政であった昭和天皇が、台湾に臨幸されたことがある。私は御召艦「金剛」の乗り組みで、少尉候補生の甲板士官だったが、三枝は第四分隊員の一等水兵だった。摂政宮殿下の従兵が必要となり、士官室で会議をおこなったさい、全員一致で推薦されたのが三枝一水であった。

日本人の中で、水兵にして天皇陛下の従兵をした者は、おそらく三枝八郎よりほかにないと思われ、それだけ私には忘れられぬ印象があった。三枝中尉が司令部にやってきたときにそれを話すと、彼も私のことをよく覚えていてくれた。

さて、蘭印攻略戦も山場をこし、敵兵力は殲滅《せんめつ》され、要地はすべて占領した。南西方面の第一段作戦を終えた主作戦部隊は、第二段作戦準備に移るにさいし、蘭印方面の戡定《かんてい》作戦をやることになり、三月十五日、大挙してアンボンに入港した。

兵力は、第十一航空戦隊の旗艦「千歳」(水上機母艦)に付属の駆逐艦三隻、水雷戦隊一隊、それに当隊配属予定の第三砲艦隊(萬洋丸、億洋丸、愛国丸)、西安丸、水雷艇「初雁」

高松宮を迎えたアンボン海軍司令部前で。前列左３人目が畠山司令官、５人目が平出大佐、右端が著者、後列右端が井狩大尉

「友鶴」で、陸戦隊はセレベス島攻略戦に参加した佐世保鎮守府連合特別陸戦隊のうちの第一特別陸戦隊一コ大隊、および三枝中隊である。

スッカラカンだったアンボン湾内は、いまやあふれるばかりになった。それまでは空襲もなく、すこぶる平穏無事で、電灯は煌々《こうこう》とつけっ放しで、住民もしだいに落ち着いてきていた。ところが、これだけの大部隊が入港して灯火管制をやるので、はたして住民にも徹底できるのか心配になった。

　しかし、前日に新聞に出したり、掲示をしたりしたので、じつに厳格にやっている。それもそのはずで、オランダ時代にはすこしでも灯火が漏れると、無警告で拳銃を射ちこまれたそうだ。

　入港の翌々日、第二十四根拠地隊司令部会議室で作戦打ち合わせ会がひらかれた。説明者は第十一航空戦隊先任参謀の葦名三郎中佐であった。私も出席した。

　私は着任後まもなくから、当方面に関して参考になる資料はないものかと探していたが、武田氏が役に立つものがあるかも知れないと、唐米袋いっぱいにもってきた紙屑の束を整理してみると、これは私が着任した日に、前の司令部裏の物置で見たものであった。その中に、敵側のアンボン行政地区における哨兵配備図や、わが方の地図には載っていない詳細な地図やら、いろいろと貴重なものがたくさんあった。そのなかから、今度の作戦に必要なものを抜いて、準備しておいた。

そして各攻略地区の概略説明とともに、その写しをつくって、各部隊にわたすことにした。また、アンボン攻略前に撮影した各地の空中写真や、原住民の情報も、ほんの少しではあるが、提供することにした。

攻略箇所は、つぎのとおり艦隊司令部から指示されていた。

セラム島ブラ、ハルマヘラ島テルナーテ、ニューギニア島ファクファク、バボ(以上西岸)、マノクワリ、モミ、セルイ、ナビレ、サルミ、ホーランジア(以上北岸)であった。

第二十四特根としては、これら作戦部隊に戡定をしてもらい、そのあとを当司令部が引き受けることになる。

そこで、この作戦部隊に警備兵をつけてやり、戡定と同時に警備につき、その後の行政もやらねばならない。

そのため、ニューギニア島配備兵力たる三枝特務中尉の率いる一コ中隊のほかに、呉一特から約八十名を出させて、セラム島およびハルマヘラ島に配備することにした。

私の配備予定は、次のとおりで、ハルマヘラ島テルナーテに約一コ小隊、ニューギニア島マノクワリに一コ中隊(一コ小隊欠)、ファクファクに一コ小隊である。

戡定地受け取りのため、葦名中佐は、
「誰か参謀を一名、申し継ぎのためによこしてもらいたい」
と第十一航戦司令官の意を伝えた。第二十四特根の畠山司令官は、先任参謀が行くように
と、私に随行を命ぜられた。もちろん、はじめからその考えをもっておられたのだ。
「先任参謀がこられるのですか」
と葦名中佐は驚いていたが、遠隔の地でもあり、さらには全体の情況がまったくわからな
いでは、今後の作戦も、軍政もできないので、このような決断となったのである。
もともと畠山司令官は、いろいろなことに明るい方で、それをきわめて上手に幕僚に仕向
けて仕事をさせるのであった。
わが根拠地隊としても、先任参謀が全作戦期間となる約一ヵ月にわたり留守をするのでは、
幕僚がわずか二名しかいない現在、さしつかえが出る。そこで、とりあえず十日ほどして、
第十一航戦から飛行機で迎えにくることになっていた。
また、民政部職員も、文官はすべて同行することにした。通訳も数人に増えていたので、
これもできるだけ陸戦隊につけることにした。
かつてダイバーボートの船長をして、アル諸島のドボにいた人が二人おり、彼らはニュー
ギニア西岸に配属した。
さらに、報道班員も十名ほどきていたので、彼らも同行させた。人物年齢からみて、純文
学の間宮茂輔氏が長だったので、すべて間宮氏に世話役を頼んだ。報道班員の大部分は新聞

記者で、文士は純文学の間宮氏と大衆文学の村上元三氏だけであった。

記者たちは、戡定戦に随行できるので、みな張りきっていた。たがいの競争意識が激しく、乗艦区分にもなかなか注文が多く、強情な者が相当におり、間宮氏も困っておられた。

この戦争では、なんといっても飛行機が主体であり、花形でもあるため、水上機母艦で作戦部隊の旗艦でもある「千歳」乗艦の希望が多かった。

「誰がなんといっても、俺は千歳に乗るんだ」と頑張るので、間宮氏はじめ、おとなしい人たちは、「私は駆逐艦でけっこうです」とはじめから辞退していた。しかし、とてもそれくらいでは間にあわず、とうとうサジを投げてしまった。

そこで、司令部が強制的に割り当てて、やっとかたづいた。

コカス村の休日

作戦会議が終わると、すぐに陸戦隊は第三砲艦隊に乗艦した。作戦部隊は翌夕刻に出港し、第一回の戡定地たるセラム島北東岸のブラに向かった。

ブラには油田があった。すでに敵は、セラム島東岸を経て、同島東南端から、ケイ諸島にいたる島々を伝って逃げていたので、まったく抵抗はなかった。

航空写真で見ると、ブラには細長い桟橋が十本ばかりあった。私たちは、これは何かと思っていたら、ふつうの桟橋ではなく、重油採取のためのものだった。

同地の油田は、陸上と海中にあった。陸上の油井は深さ八百メートルほどで、軽い油が出る。海中の油井は、水深五メートルにあって、油井の深さは約二十メートル、割合いに重い油が出た。これらの油井を細長い栈橋で結び、鉄パイプで陸上に運ばれていた。

　ここには、兵力を残すことになっていなかったので、司令部で確保していた原住民たちを残した。彼らはひさしぶりに自分の職場に帰ったので、その喜びと張り切りようは格別で、上陸するとすぐに働きだした。

ニューギニア西部の要地バボに強襲上陸した海軍陸戦隊

　一方、作戦部隊はここから、ファクファクとバボとに別れていった。ファクファクは行政上の要衝で、バボは油田関係の要地であった。

　ファクファクは傾斜がはげしく、階段を登っているような街であった。ここに敵はいなかった。そして、戸田兵曹長が一コ小隊をひきいて残った。

　戸田兵曹長は文才があった。かつて「間瀬特務少尉」という小説を、間瀬夫人の名で出した人である。

　ファクファクの北にコカスがあった。武田氏は、コカスの南猛雄がその後どうしているか、いちおう調べてみたいといっていたので、その間、ここに残した。

　戡定がすんで三、四日したら、南猛雄があわただしく尋ねてきた。彼は、約束の情況報告ができなかったことを詫びた。

彼の言によると、彼がアンボンを出て数日は平穏な航海をつづけたが、セラム島の南東端付近でひどい暴風にあって難破し、その後約一ヵ月かかって、やっとコカスにたどり着いたという。

それが、わが軍がファクファクに着く約一週間前だったので、情況報告も何もできなかったのである。

彼は、日本軍がファクファクにくると聞いて、取るものも取りあえず、昼夜兼行で山道を三日かけてきたので、顔や手足はすり傷だらけだった。

南は、武田氏をはじめ日本軍に、どうしてもコカスにきてもらいたいと懇願するので、戸田兵曹長は武田氏に一コ分隊の護衛をつけて向かわせた。

武田氏一行は南猛雄の案内で、コカスに向かった。途中はひどい山道であった。

しかし、所かわれば品かわるで、このあたりの行軍には水筒がいらない。野生の竹が水筒の代用となる。竹を切ると、節と節とのあいだに水がはいっていた。武田氏も蘭印在住三十年にも達するが、これは南に教わって、はじめて知ったという。

四日ほどかかって、一行はコカスに着いた。コカスでは、村民総出の大歓迎をうけた。

南の家に招かれていくと、地方料理ではあるが、山海の珍味が山ほど用意され、椰子酒もいやというほどあった。

武田氏と兵隊たちは、主賓にすえられ、村民総出の接待をうけた。現地の踊りを見ながら、たらふく飲みかつ食い、文字どおり飲めや歌えで、ついに一睡もせずに夜を明かしたという。武田氏がもし軍人であったなら、兵たちも軍隊としての遠慮もあったであろうが、そうではないから、気も楽に十二分の歓を尽くしたらしい。ここで二、三日ほど休養して、武田氏らはふたたびファクファクに帰ってきた。

ファクファク戡定の千歳部隊は、作戦を終えるとハルマヘラ島南端にいき、陸上の原住民からハルマヘラ一帯の情況を聴取しつつ、バボ戡定隊の合同を待った。その間、水上機によって私はアンボンにもどっていた。

ニューギニア島は、鳥のかたちをしている。その嘴《くちばし》の入口の南岸にコカスがあり、一番奥の南岸にバボがある。同地で働いていた原住民の話によると、対岸となる鳥の頭の方に、極秘にされていた大油田地帯があって、アメリカ人とオランダ人との会話を漏れ聞いたところによると、年産八百万トンの計画があるという。

戦前、全蘭印の産出量が年産七百万トンだったから、それを越す大油田地帯となる。その根拠地がバボであった。

もちろん、これについての文献などはなく、私が苦心して集めた情報によるものであった。私はこのバボに、非常な関心をもっていた。そのため、本作戦の開始直前に、佐一特司令の志賀中佐にたのんで、とくに気をつけてもらうようにした。

志賀司令には、ハルマヘラ島南方で「千歳」艦上で会い、だいたいの情況を聞いている。敵はとっくの昔にバボをひき揚げていたので、バボには原住民の技術者もすくなく、ふつうの住民ばかりだった。

バボ付近は一面の湿地帯だったらしく、ところどころにある乾地帯をうまく利用して、都市計画ができていた。ゴルフリンクもあり、数千トンの船をつくる船台もあった。油田関係のものとしては、大小の鉄パイプが山と積まれ、十畳ほどの家屋では、試掘したコアが整頓されて、ギッシリつまっていた。さらに海上には、ハウスボートとよばれる船全体を細目の金網で張りめぐらせたものが九隻あった。これらは、司令が原住民の主だった者たちをあつめ、厳重に保管を命じてきたという。

ここには、艦隊から駐兵の指令がなかったし、根拠地隊としても兵力がいちじるしく足りないので、はじめは駐兵もできなかった。しかし、きわめて重要な場所であるので、のちにファクファクから一部の兵力を分派し、しだいに増強していった。

テルナーテの王様

三月下旬だったと思う。第十一航戦司令部から電報で、飛行機を迎えによこすといってきた。私はただちに準備をととのえて待っていると、昼ごろに水上機がやってきた。

作戦部隊は、ハルマヘラの南にのびた足の突端近くの西側にいた。着いたのは夕刻であった。デリックで吊りあげられて「千歳」艦上の人となった。さっそく先任参謀のもとに行き、司令官・藤田類太郎少将（海兵三十八期）に伺候した。

上甲板に出てみると、停泊しているところは森林地帯で、海岸にはマングローブが一面に繁茂し、人家ひとつ見えない。それでもどこかに人が住んでいるらしく、幕僚は土地の族長からハルマヘラの情報を得ていた。

　バボ攻略部隊も帰ってきたので、翌朝、勢ぞろいして出港した。今度は、テルナーテの戡定戦である。

　飛行機はテルナーテに宣伝ビラを撒《ま》くため、飛びたっていった。今回の戡定戦では、前日に水上機でビラを撒くように計画されていた。

　作戦部隊は、ハルマヘラ島西方にある小島の西側を北上して、午前一時ごろ、テルナーテ島北方を迂回、東の空が白みかけたころには、テルナーテの街の東方にきた。テルナーテ島は円錐形の小さな火山島で、平地はなく、人家も海岸に一列か二列しかない。

町の北郊外に立派な邸宅がある。芝生の庭が広く、白亜の円形造りの建物である。斎藤君の話では、王宮だそうである。町の中央付近の奥の林に、急に火の手があがった。ボヤていどだが、なにか燃やしているらしい。

　旗艦「千歳」は、桟橋の東方千メートルに投錨して大発を降ろし、陸戦隊は桟橋付近の石垣に向かった。海岸に着くやいなや、機敏に猿のようによじのぼり、またたく間に、上陸点を中心に付近一帯の警戒についた。大発に乗った後続部隊が、ぞくぞくと上陸している。

　上陸部隊は司令の指示にしたがい、北へ南へ敏捷に走り、敵を求めていく。しかし、銃声は聞こえず、町の中も静かなものである。

　まもなく、一隻の白塗りのモーターボートが、旗艦に向けて走ってきた。見ると、若い白人の男と、年配の女性が乗っている。舷側に来ると、艦上に向けて、何かしきりに喋《しゃべ》っている。

艦橋から通信参謀が降りていき、左舷に索梯が下げられ、二人があがってきた。斎藤君の通訳で、幕僚室にはいったが、五分ほどして帰っていった。降伏の連絡にきた行政官と、看護婦長ということである。

午前九時ごろになって、葦名先任参謀が上陸するというので、私も同行した。桟橋はじつに貧弱なもので、十メートルもない。小舟が着けられるだけである。

桟橋のすぐかたわらの道路上に志賀司令がいて、各隊からくる報告にたいして指図をあたえている。なかなかに忙しそうだ。

敵兵力は微々たるものだが、オランダ人の大尉が長となっている。わが作戦部隊が北方を迂回しているのを、原住民の哨兵が発見、報告したので、すぐに裏山で書類を焼き、山の方に逃げていった。陸戦隊はこれを追い、さらに他の一隊をもって、南方の海岸道から敵の連絡を断つべく行動していた。

敵の哨兵配備は、私がアンボンで手にいれたもののとおりらしく、戡定前日の飛行機による降伏勧告状の撒布によって、すっかり敵の準備ができていたようだ。

私たちが司令と話していると、北の方から、金ボタンの白の上衣にサロンを着た小柄で上品な人がきた。原住民たちは土下座して、丁寧にお辞儀をしている。斎藤君は、ここの王様だと説明した。

司令は、つぎつぎにはいる報告の処理に忙しく、気づかずにいた。私が知らせると、すぐに椅子を出して、王様にすすめた。王様は椅子に腰をおろすと、司令の手があくのを待っていた。しばらくして、私たちは大きなガランとした家にはいった。王様も一緒に入ってきた。そこでいろいろな話をしたのち、帰っていった。

入口の部屋で葦名参謀は、投降してきたオランダ人の訊問をはじめた。私はそばで立ち会った。通訳は斎藤君である。

最初に訊問されたのは、「千歳」にモーターボートでやってきた行政官だった。彼は副理事官の配下だった。副理事官は、日本軍がくるとみて、いちはやく逃亡している。そうとうに悪辣《あくらつ》な男で、陰険狡猾、自分勝手なことをやって、住民にはとても威張っていたという。行政官などは眼中になく、こんな状況になると、なにひとつ住民の面倒をみることなく、真っ先に逃亡してしまい、行政官も憤慨していた。

結局は行政官の責任のもとで、彼が先頭に立って日本軍との交渉にあたったという。オランダ側の金も、主計長が行政官から上陸直後に受け取ったが、一銭一厘にいたるまで、じつに正確に整理してあった。日本人の財産は厚生事業にあてられ、なにひとつ申しぶんなかったそうである。

葦名参謀は厳格な性質の人であった。この行政官の態度には、すっかり感服したらしく、椅子をすすめて、きわめて鄭重にとりあつかっていた。

志賀部隊に、江川という二十歳前後の通訳がいた。彼の父親は、ハルマヘラ島東岸のカウ湾に面した地区で江川農園を経営していたが、経営があまり上手でなく成功はしていなかったが、なかなかの研究家で、黄麻の栽培をやっていた。

江川通訳は、小さいころからテルナーテで育ち、母親の家庭教育で小学校の課程を終え、原住民にも知人が多かった。彼の話からも、行政官の人柄は証明され、副理事官の陰になり、日向になりして、みなの面倒を親切にみていた。また、江川一家もずいぶんと世話になったそうだ。

葦名参謀から、この行政官と看護婦長だけは待遇をよくしてくれと注文があったので、私はテルナーテに残る警備小隊長に、行政官と看護婦長の一家はこれまでの家に住まわせ、むやみな行動をとらせないように伝えておいた。

午後になって、逃げていたオランダ人たちも、しだいに山から出てきた。なかに副理事官もいた。半袖、半ズボンで、禿頭の大男だった。芝居に出てくる高利貸のような感じだった。

葦名参謀は、行政官の態度の立派さにくらべ、副理事官の卑劣な行動にいたく憤慨しており、見るなり飛びかかって、五つ、六つ、つづけざまに殴りつけ、日本語で卑劣な行為をなじっていた。しかし、これは相手にわかろうはずもない。

部屋にいれると、彼に直立不動の姿勢をとらせ、その卑劣きわまりない行為をせめていた。これを斎藤君が通訳するので、よくわかったらしい。

行政官は、その横で椅子にかけ、腕組みをしたまま副理事官の顔をじっと睨みつけていた。気の毒そうな顔は、まったく見せなかった。

つづいて、気の弱そうな若い男がきた。彼は玄関の前で訊問した。型どおり、姓名、年齢、職業などをたずね、斎藤君が通訳していたら、彼は、

「あなたは、私を知っているじゃありませんか」

という。斎藤君は微苦笑していた。しかし、斎藤君という知人が通訳なので、彼もずいぶんと気が楽になったらしい。

彼は、われわれが現在つかっている家の北どなりの旅館経営者で、斎藤君もかつて泊まったことがあるという。彼の老母は中風のため弱っており、とりあえず単身で降伏にきたのである。話しているあいだにも、彼が気の優しい性格であることが感じとれた。

親孝行な彼を収容すれば、老母はさびしく死んでしまうであろう。私は葦名参謀と相談して、彼の孝心に免じて、当分のあいだ、老母看病のために帰してやった。

これで、一応の訊問はおわった。副理事官以下の者は、町の北端にある城郭に監禁した。そこはジメジメとしたところで、衛生上どうかと思ったが、ほかに収容できるところもないので、とりあえずそこにした。

日没も近くなった。私は斎藤君の案内で、町をひとまわりした。

漁村としても貧弱な家が多く、きれいな家はオランダ人のものばかりであった。その中でも、私たちがつかった家と、その北どなりの旅館は、道路とのさかいに柵があり、前庭が広く、老樹が鬱蒼としており、建物も立派だった。オランダ人の住宅は、町の後方、すこし離れて建っていた。

王宮は町の北郊外にあった。門は日本風の古びたもので、だいぶ枯れていた。王侯の生活も、あまり裕福というわけではないようだ。

上陸直後、王侯にたずねると、オランダ政府から月俸八十円（円、ギルダー同率）をもらっていたという。そして、彼の所領も、オランダ側から難題をもちかけられて、しだいに削られ、現在はテルナーテ島と、その南にある島の北半分になってしまっていた。

彼は、その南半分の島だけでも、なんとか返してほしいと懇願してきた。

そこで私は、民政部司政官の塩見君一行に会った。

私はテルナーテにおける処置を、簡単に話した。王侯については、オランダ当時の月俸八十円はなるべく支給するようにし、オランダが取りあげたという島の南半については、よく事情を調査したうえで処理することにした。

彼からはブラ、ファクファク、バボの情況について報告をうけた。巡回ののち、もとの家に帰りついたのは約一時間後だった。

それから、ほんの間もなく、王侯から、日本の兵隊が入りこんできて困るので、至急なんとかしてもらいたいといってきた。

海軍の兵隊が掠奪などするはずはないと思ったが、万一の場合を考えて、気が気でなかった。私は斎藤君と二人で、大急ぎで王宮に向かった。

田舎の旧家の門のようなものを入ると、そこは奇麗なもえるような芝生がひろがる。左斜めにすこしいくと、なだらかな斜面に白亜の宮殿がある。コンクリート造りで、小さいが立派なものだった。

玄関は、バルコニーのような二階ほどの高さにあり、上り階段は左側についていて、半円を描いて右に曲がっている。その階段には、五、六人の原住民たちが土下座をしてうずくまっていた。

私たちは、その階段をかけのぼった。そこには、武装を解いた兵隊たちが、腰をおろして休んでいる。十五人くらいであった。

私はすぐに兵隊にたずねた。

「お前たちは、なんでここに入ってきたんだ」

兵隊たちは、みな一様にキョトンとしている。そのうちの一人が、

「中隊長が、今からいそいで敵を追わなくちゃならんから、お前たちは適当な民家を捜して、宿営しろといわれましたので、ここがいいと思い、やってきました」と答えた。

「そうか、宿営はよいが、ここは王様の御殿だよ。ここに入ってはいけない。いそいで出て、ほかをさがしなさい」と私は言った。

ここは奇麗だし、多くの人数を収容できるからと思ってきたと言っていた。うっかりヘンな家に入ろうものなら、南京虫や虱《しらみ》、風土病をもらう危険があった。

彼らは疲れきっているものの、ヤレヤレという顔をして、ふたたび武装をととのえると、足をひきずりながら出ていった。例のバルコニーから中に入りこんだ形跡はなかった。

王様は、兵隊たちが武装をつけはじめたころに、奥の方から出てきた。

私は、さっそく事情を説明し、なにか乱暴なことはなかったかと尋ねたが、心配したようなことはなかったという。兵隊がゾロゾロと入りこんできて、腰を降ろしだしたとき、通訳はおらず、事情もわからないので、心配したらしかった。

その後、王と私たちは、バルコニーの卓をかこんで、十五分ばかり雑談をした。

桟橋に着いたときは、あたりはたそがれとなっていた。葦名参謀もすでに船に帰っていたので、私たちも内火艇をつかまえてもどった。葦名参謀は、兵隊たちが王宮に入ったことに腹をたてていた。

翌朝早く、志賀部隊副官の中島万里大尉を呼びつけて、ひどく叱りとばした。その後で副官は、私のところにきた。彼は、私が兵学校教官当時の生徒で、シドニーに突撃した特殊潜航艇の松尾敬宇とおなじクラスであった。

「うちの兵隊は、決して掠奪なんかしやしませんよ。司令だって、平素から、その点はとてもやかましく言っておられるんですから……」とこぼしながら帰っていった。

その日の昼ごろ、志賀部隊は一部を、テルナーテ対岸のハルマヘラ島西岸にあるジロロの戡定に出したが、日没までには帰ってきた。日没直後、戡定部隊はテルナーテ警備隊一コ小隊を残し、いっせいに抜錨すると針路を北にとった。

夜半に、ハルマヘラ島北方を迂回し、一路ニューギニア島の鳥のかたちの後頭部にあるマノクワリにむかった。

「新しい町」攻略戦

マノクワリとは現地語で「新しい町」の意味だそうで、ニューギニアにはあちこちにあった。

私にとって、昭和十三年いらい、ひさしぶりの航海である。海上はきわめて平穏であった。進撃をつづける友軍のずっと後方を航海しているため、会敵の心配も少なく、のんびりしたものであった。ことに私は、責任のない観戦武官的な立場での便乗で、むしろ無聊《ぶりよう》に苦しむありさまであった。

私には、左舷最上甲板にある参謀寝室の一人部屋があたえられていた。直射日光は受けるし、厳重な戦闘状態のため、暑くて中にはいられない。

外は炎熱焼くがごとくであった。一番しのぎやすいのは艦橋だが、狭いうえ、私のように現在は直接不要な者がいては邪魔なので、なるべく遠慮せざるを得ない。そこで、私は折り椅子をもって、日陰を追って歩いた。

マノクワリの作戦計画は、次のようなものであった。例によって、戡定地攻略の前日、すなわちテルナーテ出港の翌日、水上機一機を飛ばして降伏勧告のビラをまく。これは、取りのこされた敵の敗残兵が、窮鼠かえって猫を嚙むこともあるので、それを避けるためという。

しかし、これではかえって、敵に抵抗の準備をあたえることにもなるので、大敵に対するとおなじく、奇襲上陸で一挙に攻め落とした方がよいのではないかと思った。

攻略当日の午前三時、一部をマノクワリ北方海岸に揚陸する。この部隊は南岸に通ずる道路を南下して、町の背後よりせまり、道路の途中から別れて、西方奥地にいたる道路を遮断し、敵の退路を断つ。

本隊はマノクワリ港（南に向いている）沖にまわって港外沿岸に揚陸する。北岸に揚陸した別働隊と呼応して、マノクワリを南北より、黎明を期して攻略する計画だった。

攻略は、予定通りに実施された。

攻略の朝未明、私は艦橋にのぼっていた。黎明の初期、旗艦「千歳」はマノクワリ港外に達した。深い朝靄《あさもや》は一面にたちこめている。「千歳」は前方に駆逐艦を配し、しだいに薄くなっていく靄のなか、艦首を港口に向けていく。

港の入口には、左右に島があって風波をさえぎっている。駆逐艦は、すでに島の間をつきぬけている。なかなかにいい泊地だ。

第三砲艦隊の一艦は左の島の南方に仮泊して、陸戦隊を揚陸する。陸戦隊は大発に乗って海岸に突進し、達着するや、猿《ましら》のごとく上陸して、海岸道を北上しはじめた。

「千歳」は島の間を抜け、湾内へ入っていった。正面が、傾斜のあるマノクワリの町である。ガッシリとした、木製の桟橋がつき出ている。そのそばでは、一隻の小蒸気船が火の手をあげ、炎はみるみるうちに船をおおっていった。

斎藤君は、南洋興発所属の船だという。彼が戦前に勤めていた会社の持ち船であった。さらに一隻が燃え出した。

陸戦隊はじつに敏捷で、駆け足で南方から町に入っていく。町の上空を飛んでいた水上機三機が、突如、急降下に移った。私たちが手に汗をにぎっていると、爆煙は町の裏山にあがり、激しい爆発音がつづいて聞こえてきた。しかし、別に銃声は聞こえず、すぐに水上機は帰ってきた。

その報告によると、敵の敗残兵が町の裏側の道を、西方の奥地に向けて敗走していくのを発見したので爆撃したという。

たぶん敵は、さらに西方の山中数キロにある小屋に難を避けるだろうといって、すぐに燃料と爆弾を搭載すると、再度、飛び立っていった。

しかし、敵影は発見できなかった。しかたなく、敵が逃げこみそうな山中の小屋に爆弾を落として帰投した。

町は傾斜面にあって、香港を縮小したような光景だった。私たちは昼から上陸した。桟橋から右、東の方が町である。私たちは逆の左に折れて、みごとな芝生の中の傾斜道をのぼって、兵舎に向かった。

兵舎は平家の棟が数棟があり、金網でかこまれてい

第11航空戦隊の旗艦「千歳」――第24特根司令部も乗り組んだ

た。すでに警備隊がはいっていて、宿泊準備におおわらわだった。

三枝隊長が、いつもの愛想のいい笑顔で私たちを迎えた。入口の木立に原住民がしばられている。隊長の話によると、オランダ人の命令で南洋興発の小蒸気船に放火した犯人だという。それにしても、愚かなことをしたものである。

兵舎の南方に、小奇麗な将校住宅が数軒あり、さらにすこし離れたところに大きな寺院があった。オランダ人たちは、そこに収容されていた。子供たちは無心なもので、楽しそうに走り回っている。

私たちは、将校住宅の一室で訊問をはじめた。訊問したのは、オランダ軍の隊長である大尉の妻だった。デップリとふとった年配の女性だった。

型どおり、姓名から尋ねた。斎藤君が通訳すると、彼女は、

「あなた、知っているじゃありませんか」

と言って、ニヤニヤ笑っていた。斎藤君も一緒に笑いだしてしまった。斎藤君は以前、マノクワリの南洋興発にいたので顔見知りだった。

夫の大尉は、日本軍がくるというので、兵舎へいったまま、行く先はわからないという。子供も、原住民の医者も訊問したが、ついに大尉の行方はわからなかった。

「千歳」は翌日、南方のモミに回航した。南洋興発の基地がどうなっているかを見るためだった。家もなにもない淋しい海岸に、こわれかけた釣場のような小さな桟橋がひとつあった。どうみても釣場としか思えない。「千歳」はその沖に投錨した。

しばらくして上陸した。迎えの自動車がきたので、南興事務所に向かった。荒地の中を通って、熱帯地らしい開放された大きな事務所に着いた。付近には二、三軒の小屋があった。斎藤君はとても懐かしそうだった。

南興の社員が迎えてくれた。彼らは「千歳」でマノクワリまできていたらしい。マノクワリからは南興の小蒸気船に便乗して、モミにきていた。

私たちはしばらく休んだのち、社員の案内で農園を見にいった。途中で陸戦隊員に会った。陸戦隊は、モミ一帯の掃討を終わったので、サムラキの戡定をやるかどうか検討中であった。

農園はじつに広かった。四百町歩と記憶する。しかし、栽培の場所は、その真ん中の少しだけだという。周囲のジャングルは千古斧鉞《ふえつ》をいれぬところだけに、いろいろな虫がウヨウヨしていた。作物との間に広い緩衝地帯をおかないと、それらの虫に作物を食い荒らされてしまうからである。

黄麻を植えてあったが、私ははじめて見た。北方七マイルにあるサムラキの農場は、さらに大きいという。

その晩、モミを出港した「千歳」部隊は、ヤーペン島南岸のセルイ戡定に向かった。他の部隊は、鳥のかたちの背と首との付け根付近にあたるナビレの戡定にいっているはずである。

セルイはじつに小さな集落であった。一寒村といいたいが、寒村にもあたらないほど、淋しいところだった。

陸戦隊が上陸して、しばらくしてから私も上陸したが、海岸には石の突堤がひとつあるだけである。捨石があるので、内火艇やカッターでも、うっかり達着ができない。

突堤をあがると、幅三、四メートルの道路が一直線に奥の方に延びている。道路の右側に、空屋となった粗末な家がまばらに並んでいた。さらに、百メートルか二百メートルほどいくと、両側とも荒地となり、まもなく松林につきあたった。そこには、二、三軒の家があるだけだった。

そこから一キロほどいくと、十数名収容できる粗末な兵舎があった。その前に小奇麗な住宅があって、アンボン人の行政官が住んでいた。また、付近には数軒の下士官住宅もあった。行政官の仕事は徴税であった。といっても、原住民がそれほど金をもっているはずもないので、人頭税として樹脂を持ってきたり、なかには豚を税金のかわりとする者もあった。今後も徴税をつづけるように命じて、帰途についた。

ここの原住民兵は、行政官直属の護衛兵のようなものだった。戡定には無抵抗だったが、当局の方針どおり、武装解除してから釈放した。

セルイでナビレ戡定部隊と合同し、さらにサルミ、ホーランジアと戡定して、これで戡定は終了した。

各隊はつぎの任務につくことになり、二十四特根およびセラム民政部の担当区域はホーランジアまであったが、水雷艇の「初雁」と「友鶴」は行動半径の関係もあるので、セルイで戡定部隊からのぞかれてアンボンに帰り、二十四特根に配属となった。

われわれがまだマノクワリにいたとき、二十四特根の戦闘概報の電報を見ると、敵一機が北方より飛来して、内港に停泊する第十六戦隊（球磨型巡洋艦三隻）にたいし爆撃したが、被害はなかったとある。

いよいよアンボンにも敵機がくるようになったかと思うと、まだ防御準備がととのっていないことを思い、心の焦りを感じた。

第十一航空戦隊司令官の藤田少将も、葦名参謀も、はやく司令部に帰った方がよいとの意見であった。

「初雁」「友鶴」の便もあるので、サルミ、ホーランジアをのこしたまま、その後を塩見司政官に頼んで、私は「友鶴」に便乗した。

いそがれた防空準備

私が戡定から帰ってきたのは、四月上旬であった。私の留守中、四月一日付で呉鎮守府第一特別陸戦隊は予定どおり改編され、司令以外は、そのまま第二十四特別根拠地隊付となった。司令の林鉦次郎中佐は、呉鎮守府付となって内地に帰還した。

第二十四特根は、陸上警備隊と水上警備隊に分かれていた。陸警隊長は特陸副官の畠山國登大尉、水警隊長は鯵坂暉中尉であった。これで司令部も仕事がやりやすくなった。いままでは自由につかえる兵力は一兵もなく、従兵にいたるまで「借用」していたのでは、仕事ができるはずもなかった。

これからは、必要に応じていかようにも兵力を動かすことができる。麾下《きか》部隊からも、気づいたことは進言してくるようになった。かくて部隊は渾然一体となって、しっかりした仕事ができるようになるのである。

なによりも先に、防空計画に着手しなくてはならなかった。しかし、長いあいだ留守をしていたため、たまった仕事が山ほどあった。さらに、戡定地の報告もあるし、すぐに出さなければならぬ命令もある。

帰ってから二、三日というものは、目のまわるような忙しさだった。

防空には、見張り、通信、警報、対空射撃がある。まだ進攻作戦気分があふれており、退避などはまったく頭にない。

見張り位置をどこにするかが、第一の問題となった。

陸戦科長畠山大尉は、湾口の東の岬にある灯台を提案した。ところが、アンボンから東海岸の岬へ向かう途中にあった橋が、敵のために爆破されていた。谷はせまいが深く、そこには地雷が埋められている。

このため、なんとかして橋をかけなければならぬ。しかも、空襲は一刻を争うので、海路をいくことにした。

とはいえ、湾内にはたくさんの機雷が敷設されていた。第九号掃海艇が触雷沈没したほか、占領直後に特務機関である鳳隊の発動機船が触雷沈没した。またベンテンの南の海岸には、機雷が打ちあげられていた。たしかに危険性は大きいが、われわれ海軍には、陸上の地雷よりも、海の機雷の方が組みしやすいような気がした。

匪賊の襲撃にそなえるため、見張り人員約十五名は、十二センチ望遠鏡一、迫撃砲一と小銃を携行した。

灯台の西海岸に大発で着き、傾斜の急な小径をのぼった。迫撃砲や弾薬をかついで、道のない断崖をよじのぼるのは、なみたいていではなかった。灯台のかたわらの家を兵舎とし、灯台の鉄骨ヤグラを利用して見張台をつくった。

一方、ここの交通と電話架設のため、爆破された橋をあらたに架設せねばならなかった。これには工作隊があたった。谷の向こう側にわたるには、地雷原を通らねばならなかった。これが一番危険だったが、幸いにして事故もおきず、橋もわずか十日をもって、トラックが通れるようになった。

見張長は、熊本県天草出身で、つねに寡黙ながら、率先して実践躬行《じっせんきゅうこう》する緒方兵曹長だった。彼は研究に研究をかさねた。まず双眼鏡の位置を考えた。これは灯台の鉄骨の脚を利用して足場をかけ、その上にすえつけた。霧や雨のときは、爆音を聞く必要があるので、手製の聴音器もつくった。

小さな小屋をつくり、音を集めるために、その壁をV字形にした。しかし、波の音が邪魔になるので、巧みに地形を利用して、東風のときと西風のときには、小屋の使用を変えるようにもした。

このような見張長の精神は、すぐに部下に反映して、じつによく整備し、成績も抜群で、約一年間というもの、一度も見逃したことはなかった。

対空兵器は、じつに貧弱なものだった。

呉一特は、九二式七・七ミリ機銃を三梃しかもっていなかった。司令部は、鹵獲品《ろかくひん》の十三ミリ機銃三梃と七ミリ機銃三梃をそなえた。掌砲長が司令部にいたので、司令部のまわりにとりつけ、簡単な掩体をこしらえて、そのなかに据えつけた。

ニューギニア戡定戦も四月十八日には終了、第二十四特根に配属された第三砲艦隊の三隻、水雷艇二隻と志賀部隊が帰ってきた。「西安丸」と第五十二駆逐隊の特設駆潜艇三隻も入っていた。これらはキャッチャーボートを改装したものだった。

陸戦科長の畠山大尉も少佐に進級して内地に帰還し、佐世保第一特別陸戦隊副官だった安藤大尉が後任に補せられ、セレベスでの残務整理を終えて着任していた。

五月十三日の午後、天気は快晴で、私は幕僚室で執務しており、司令官は部屋で読書しておられた。午後二時ごろ、当直将校の掌砲長坂本特務中尉は、

「湾口見張りから、敵機発見、アンボンに向かう、といってきました」

と報告してきた。

私はすぐに双眼鏡と鉄兜をもって前庭に出たが、見えない。掌砲長に問いただすと、爆音が南東裏山の方向に聞こえたとのことである。兵隊はみな配置についていた。

司令官は掌砲長の報告をうけると、おもむろに眼鏡をはずし、双眼鏡をもって出てこられた。

「敵機は？」と聞かれたので、情況を話すと、「聞こえないね」という。

アンボン島空襲に現われた双発のロッキード・ハドソン爆撃機

それから、二十五分ほどして、東の方に大きな爆音が急に近づいてきた。
「これはたくさんだ、近いぞ」
と私がいっているあいだに、低い裏山をすれすれに飛びこして、黒ずんだ不気味な色の双発機が、つぎつぎと司令部の屋根をかすめて港の方に向かう。超低空、計八機の編隊である。機銃はいっせいに猛射を浴びせた。

私は空襲の電報を打つため、大いそぎで幕僚室にかけこんだ。ただちに通信隊直通の電話をかけた。司令官は私の方を見て、
「一機、火を吹いた。アッ、また一機」
と海岸の方を見たまま、人さし指を一本立てて、とても嬉しそうにしめした。

私が室を出たときには、すべてが終わっていた。はじめてのことでもあり、みなはいたずらに興奮している。その後は、空襲の話でもちきりとなった。民政部の人たちもきて、敵機はさかんに機銃掃射をくわえてきたといっていた。そういえば、雨が降るような音がしていたが、あれは機銃弾が木の葉にあたる音だった

らしい。

掌砲長に射撃の具合を聞くと、弾丸は飛行機の後方にいくので、前方にふりむけて撃ったという。今度は二百二十ノットに合わせなければと相談した。各部からは被害なしの報告があったが、桟橋見張りからは、特設砲艦の一隻がすこし蒸気を吹いていると報告してきた。

私は自動車で海岸に直行した。一隻だけ蒸気を吹いていた。一方、撃墜した飛行機は、海の真ん中からすこし対岸に寄ったあたりに落ち、機影は見えなかったが、ガソリンが盛んに燃えていた。

別にたいした被害もないようなので、私は一機撃墜の誇りと、安心感を持ちながら、幕僚室にはいった。

室の入口で、主計長が機銃弾を発見していた。十三ミリ機銃弾だった。

よく見ると、入口の右の壁に、弾丸がかすった痕が深くついている。これは、先任参謀をねらった弾丸だということになった。

この弾丸は、司令官室の前の庇をつらぬいていた。後部銃が撃ったものであった。

図で調べてみると、敵機はロッキード・ハドソンだった。夕食には、お祝いだということで、まず酒を注文して乾盃をはじめた。

いい機嫌になりかかっていたとき、先の被害船が少しずつ傾むいてきて、造船所の海岸に向かっているとの報告がきた。私はすぐに食事を中止すると、桟橋に急行した。

水上警備隊の船に乗って現場に向かった。すでに日没時分だったが、特設駆潜艇は被害船の左側に横づけして、船が擱座しないように援助している。私は特設駆潜艇に横づけして、被害船に移った。被害を受けた砲艦の艦長は有馬予備大尉だった。

艦長は、船が損傷をうけたので、少し興奮し、がっかりしたようすだった。一方、特設駆潜艇長は元気者の神道寛治予備中尉だった。彼は有馬君の注文どおり、一生懸命にやっている。一隻では力がたりないので、他の特設駆潜艇も応援にきた。

小型爆弾を右舷中部付近の私室にうけて、下までつらぬいていた。もともとが貨物船のため、防水隔壁が少なく、脆弱にできているので、相当量の浸水があった。特設駆潜艇のポンプで排水して、浸水の量を減らすようにしていた。

一応の作業がすんでから、有馬君が情況報告にきた。夜中、安藤大尉から電話が入り、敵機の搭乗員が一名、海上に浮いていたので救助したが、火傷をしており、助かる見込みはないものの、至急病舎に送って手当をする旨、連絡があった。

報道班員は、空襲直後に飛行機が落ちた現場に急行し、いろいろな浮遊物をひろって、司令部に持ってきた。小さな破片にも弾丸が当たっていた。まだ、当方が知らない好資料が書かれた手帳一冊もあった。これにはオーストラリア北岸の飛行場と、各飛行場との方位距離が記されていた。さっそく、第二十三航戦に通知した。

桟橋南の海岸に、搭乗員の死体が一体漂着していた。体全体に被弾しており、悲惨なものであった。

敵機は、司令部の上を過ぎると、一機が火を吐いて海に突っこんだ。高度が百メートルでは、突っ込むのもあたりまえだ。他の飛行機は、湾内の停泊艦を爆撃したのち、すぐに左に旋回して湾口の方に飛び去ったが、三機とも燃料を噴出していたという。湾口にいた原住民の報告では、三機とも湾外で海に墜落したという。

有馬君が司令部に報告にきたさい、艦内は電灯もつかぬため、一部乗員を海岸にあげて、天幕生活をさせたいといってきた。しかし、艦が現存する以上、一部でも艦からはなれて艦外生活をすることは、海軍軍人本来の主旨からは面白くないので、私は満足な了解をあたえなかった。

のちに司令官が見にいかれたとき、陸上に天幕をはって生活していたので、きびしく小言をいわれていた。

「初雁」艇長の中尾九州男大尉は、

「司令部は、敵機の発見が早かったといって喜んでいるが、船の方にも知らせなければ、まったく意味がない。船は奇襲をうけたことになり、たいへん困った。空襲のサイレンがなければ、機銃をボンボン打って知らせてくれればいいのに」

といっていた。

今回はじめてのことで気づかなかったが、これは当然のことである。

大いそぎで機関参謀が馬力をかけて、空襲サイレン三コを整備した。一つは水上警備隊桟橋上、一つは造船所付近、一つはベンテン砲台にとりつけた。

チモール島視察行

第一回の空襲がすんで間もなく、四月下旬に司令官は「西安丸」に将旗を移して、チモール島視察にいかれた。私はこれに随行した。

佐世保第一特別陸戦隊は改編されて第四警備隊となり、福見部隊と交替してチモール島クーパンの警備につくため、アンボンで待機中であった。司令の志賀大佐も視察に同行した。また、民政部員も、報道班員も同行した。

「西安丸」はアンボンを出港して、一路チモールに向かった。海上はきわめて平穏で、楽しい航海であった。

航海第二日目の午後三時ごろ、私は左舷セルターデッキで折り椅子に腰かけて、涼風を満喫しながら、民政部員の人たちと雑談にふけっていた。

突然、艦橋で騒ぎが起こったと思ったとたん、艦長から「面舵一杯、全速」につづき、「打ち方はじめ」の号令がかかった。

私は、即座に艦橋に飛びあがっていった。

右正横よりすこし前の方から、三本の魚雷が真っすぐにやってくる。私は呆然としたまま、息を吸い込むことも忘れて、その雷跡を凝視した。数秒後に、ドカーンとくるのを待つよりほかはない。

雷跡は、艦橋のすこし後方と、前橋の下、さらに後檣のあたりに吸い込まれている。しかし、不思議にも爆発音がない。

ふと左側を見ると、雷跡ははるか遠方に抜けていた。幸運にも、魚雷は艦底を通過したのである。緊張していた気持ちが、一気に抜けた。

敵はと思い右舷を見ると、右八十度ほどに太陽を背に受けて、黒ずんだ、魔のような潜望鏡が、キラキラと光る海面に、こちらを嘲るように突き出ており、しだいに浮上してくるらしい。

「こやつッ！」と艦橋で力んではみるが、船の旋回は進まず、速力も出ない。いまいましくてならない。砲術長がメガホンでどなるが、どうにか右三十度になった。

一番砲が火を吹いた。水柱は少し右にそれて、五、六千メートル先に落下した。さらにつづいて一発打った。後甲板からは「爆雷戦用意よろし」が報告され、船はやっと潜望鏡に正対した。

三百メートルの位置にある。そのとき、潜望鏡は突如、右にかたむいた。その距離百メートルと思えるところで水面下に没した。船はまたたく間に、その上にきた。スクリューでかきまわされた水が、水中から湧きあがった。そこにむけて爆雷が、「一コ」「二コ同時」「一コ」と計四コが落とされた。

間もなく、船体に不気味な震動がきたと同時に、「ドカドカドカーン」という激しい音がした。ウェーキの上に、ずんぐりした灰色の水柱がわきたった。みなは一種の安心感とともに、大きな期待をもって見つめていた。

船は左に旋回している。艦長は、檣上見張りに、「破片は見えないか」という。

「よくわかりませんが、すこし見えるようです」との返事があった。私も見たが、よくはわからない。

「いまのコースにクロスして、もう一回、爆雷攻撃をやってください」と艦長にいうと、

「爆雷はあと五コしかないんですよ、まだ後があるからなあ」と言われた。

この先の航海は長い。残念だが諦めることにした。それでも、あの好条件で爆雷攻撃をやったのだから、たとえ撃沈できなかったとしても、少なくとも航行不能にはおちいったにちがいないと思った。その日は、この話でもちきりとなった。

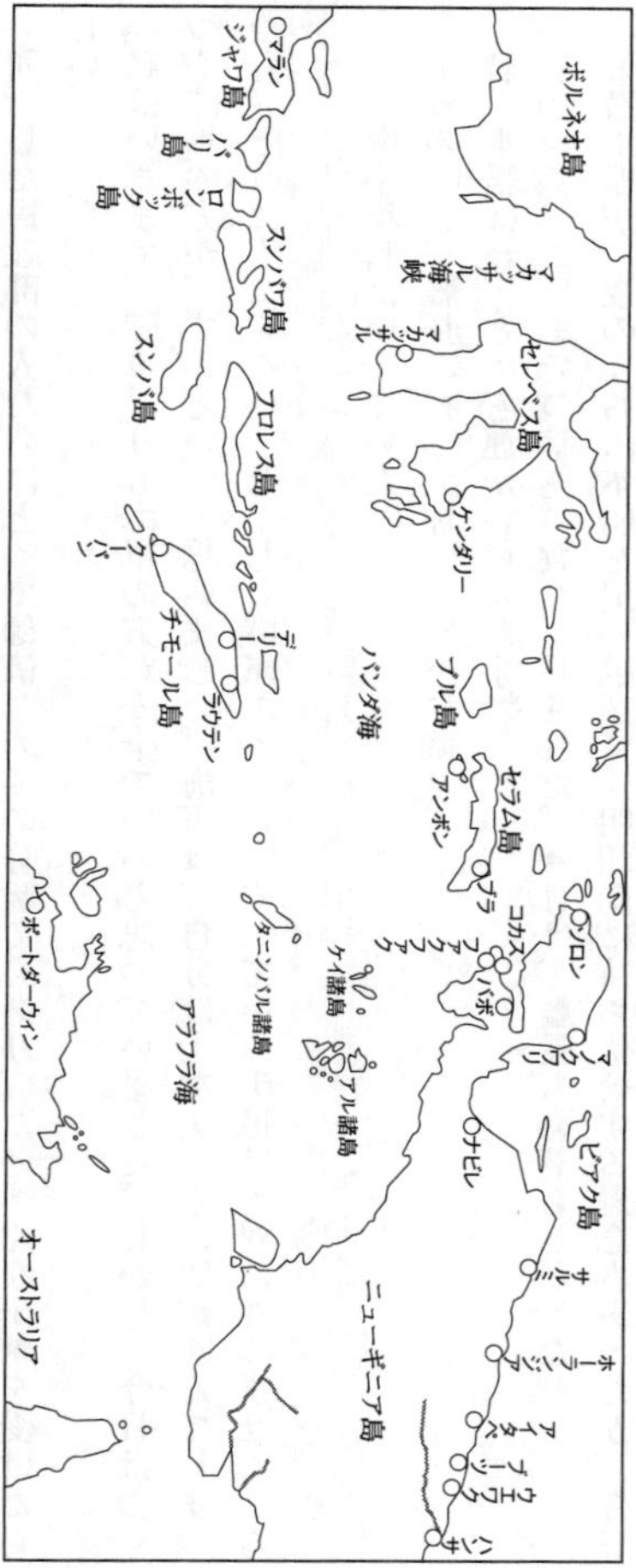

同行した民政部の人たちにとってははじめての経験でもあり、たいへんな衝撃を受けたらしい。

「私はいままで、陸軍よりも海軍の方が安全でいいと思っていました。しかし、今日はつくづく陸軍の方が、ずっといいと思いました。海軍は、自分は大丈夫でも、船が沈んでしまったら、どうにもならない。しかし、陸軍だったら、立っている土地は絶対に沈みませんからな」

と岩瀬事務官はいっていた。

夕食のとき、艦長の杉本大佐が士官室に降りてきて、

「君、本艦はね、とても運がいいんだよ」

といって、これまでの幸運の数々を話された。今日は、艦長も得意らしかった。

敵潜水艦が、夜のうちに本船を追い越して、明朝前に待ち伏せする懸念もあったが、今日の情況からすると、まず大丈夫と判断し、安らかな眠りについた。

翌朝、部屋の外で兵隊が、「魚雷、魚雷」と大声でどなって走る、あわただしい足音がした。私は飛び起きて、ただちに外に出た。外はまだ薄暗い。

魚雷は左正横付近から一本きたが、艦尾数メートルをスレスレにかわった。本当にやれやれと思い、部屋にひきかえして服装をととのえてから、艦橋にあがっていった。司令官もこられたが、それからは何も起こらなかった。

見張りを厳にして航海をつづけた。まったく油断がならないと思った。もうすぐ小スンダ

列島だ。昨日の潜水艦が先まわりしたのか、別の潜水艦なのかわからなかった。別の潜水艦という意見が多かったが、いずれとも決定はしなかった。

小スンダ列島とチモール島とのあいだの水道で、アンボンに帰る「友鶴」に会った。潜水艦がいるので気をつけるように、との信号を送ってから別れた。

その日の午後、「西安丸」はクーパンに着いた。

われわれはすぐに上陸して、福見部隊本部を訪れた。司令官は、無武装に近く、速力の遅い「西安丸」だけでは危険だし、万一のときに乗員を救助する必要もあるので、「初雁」をデリーまで呼ぶように進言した。

私はただちに電報を起案して、アンボンに打った。その日は、福見部隊や飛行場を視察して、夕刻「西安丸」に帰った。翌朝は福見君の案内で、奥地と戦蹟を視察した。午後は陸軍の伊東支隊長を訪問した。

すばらしき四十ミリ機銃

チモール島視察から帰るとすぐに、志賀部隊を第三砲艦隊の二隻と「西安丸」との三隻で、クーパンに送った。水雷艇と特設駆潜艇を護衛につかった。

第一回の空襲から見て、なるべくアンボンに船が集まるのを避けるためであった。志賀部隊に代わって、福見部隊がアンボンに待機することになり、復便で輸送されてきた。また、司令官から戦闘機の常駐を進言されたので、第三十三航戦から四機がラハに派遣された。

前回の空襲で損傷を受けた船は、まだ擱座をしたままだった。工作艦「山彦丸」がジャワでの損傷船修理を終えて、南東方面のラバウルにいく予定になっていたのでアンボンに寄って、損傷船の応急修理をすることになり、五月上旬に入港した。

司令部では、その労をねぎらうため、「山彦丸」の幹部を水交社に招待した。私も司令官とともに水交社にいき、夕食をともにした。宴たけなわのころ、空襲のサイレンが空高く鳴りひびいた。

「来たな」と思った私は、司令官に断わって座を立った。外に出た途端、対空機銃は一度に火を吹きはじめた。私は庭から海岸に走り出た。司令官も出てこられて、一緒にベンテン砲台方向の山を見ていた。

敵機はロッキード・ハドソンで、十機以上が山の上に姿をあらわしたばかりだった。機銃の曳痕弾は、暮れかかった空に赤青白の尾をひいて、きれいな絵をみるようだ。敵機はバラバラになった。

そのうちの四機が、急に高度をさげたかと思うと、水交社のすぐ前に停泊する「山彦丸」に向かって、猛烈な爆撃をくわえた。しかし、敵機はよほどあわてているとみえ、滅茶苦茶な弾着だった。

間もなく空襲警報が解除され、招宴は継続された。私だけは、いろいろ用事もあるので、いちはやく迎えにきた自動車に乗り、司令部に帰った。

各部からは異状なしの報告があった。今日の空襲は総計十二機で、山の上に顔を出したさい、修理なって本隊横の海岸にすえつけられた四十ミリ機銃一基が、先頭機にたいして射撃を開始した。その初弾が二、三番機に命中し、すぐに山の向こうに見えなくなったという。四機だけが、勇敢にも後続機はこれを恐れてバラバラになり、山の向こうに引き返した。

「山彦丸」に襲いかかったのだが、投弾後に内港の方へ逃れ去った。

空襲警報でいちはやく飛びあがったラハ飛行場の零戦四機は、ただちにこれを追撃し、アンボン島の東海面で四機を撃墜したと報告してきた。結局、撃墜は六機になるが、四十ミリ機銃による二機の墜落場所はわからなかった。今回の空襲で、敵機の速力は二百二十三ノットと推定された。

対空射撃の自信は、これでついた。前回は超低空でやってきて、わが方にいくらかの自信をつけてくれ、今回は、その自信を確実なものとしてくれた。敵機も火を吐きやすい機体だったので、その効力が立証され、都合がよかった。

軽巡「球磨」砲術長当時の著者

本来、対空射撃は立体的なため、実際の射撃効果がわかりにくいものだ。艦隊での訓練時は標的を使うため、あとで調査して命中があっても、それが誰のもので、いつ当たったかわからない。したがって、射撃の勘を養うことはできなかった。

昭和十一年、私が「球磨」砲術長のとき、測風気球を目標に飛ばせたことがある。最初に近距離で打たせると、ほとんどが命中する。当たると気球は破裂するので、当たったことがわかり、勘が養える。それを次第に遠くして、つぎつぎと落としていった。ところが、初めから目標を遠くにして打たせると、いくら打っても当たるものではない。アンボンの空襲では、敵がこの原理のとおり、しかも燃えやすい飛行機をもってきたので、よい訓練になったようだ。

掌砲術長は、四十ミリ機銃の優秀なのに刺激されて、その修理に馬力をかけた。しかし、尾栓の部品がどうしてもそろわない。工作艦「山彦丸」に見本をみせて、作ってもらうように頼んだが、図面三ヵ月、製作三ヵ月の計六ヵ月はかかるという。

そこで、造船所のオンキーホンにあたってみた。オンキーホンは、材料さえあればやってみましょうという。「山彦丸」と相談した結果、材料をくれたので、見本とともにオンキーホンの造船所に持っていった。

ところが、不思議なことに、半月でできあがってきた。ためし打ちをやっても、上々の出来である。

技術優秀と折紙がつけられた海軍工廠の十二分の一の期間で、しかも設備とて不充分な中でおこなったのである。私はわからなくなった。敵と戦争しているのは日本であって、インドネシアではないのだ。

「山彦丸」は損傷船の修理こそやっているが、兵器の修理はやっていない。手がふさがっているわけでもあるまい。日本の技術屋は、世界の水準以上といばっているが、実体は疑わしいようだ。

「山彦丸」は約五日間、内港の西南の隅に損傷艦をもっていって、応急修理をして出ていった。損傷艦は「西安丸」に曳航させ、水雷艇を護衛につけたほか、飛行機一機を途中まで対潜直衛にあたらせて、スラバヤに向かった。

デリー訪問

クーパンにきて三日目の四月二十九日の天長節、「西安丸」は午前八時に抜錨し、同島北岸の中央部にあるスペイン領デリーに向かった。

午前九時半ごろ、飛行場方向に一大煤煙が中天高くたちのぼって、天地をとどろかす大きな音がしている。船もビリビリと震えるほどであった。どうしたことだろう。飛行機も飛んでいないし、爆撃でもないらしい。

飛行場には、たくさんの爆弾が野原に野積みされてあったが、これの爆発としか思えなかった。あとで聞いた話だが、野火がまたたく間にひろがり、爆弾に燃え移ったという。原因は原住民の野焼きであった。

デリーに着いたのは、翌朝の午前九時すぎだった。暗礁が散在する危険の多い港内だった。港には「初雁」が停泊していた。「西安丸」も港内に投錨した。

「初雁」艇長がすぐにやってきた。私たちは上陸すると、飛行場基地を見にいった。街の西方一マイルもなかった。ごく小さく、設備もたいしてととのっていない。

案内されるままに宿舎にいくと、偶然にも笠井特務少尉に会った。彼は昭和十三年、私が上海陸戦隊の租界部隊長をやっていたとき、本部中隊の小隊長をつとめていた。彼は正義の士であった。

当時、河向こうに住む中国人財閥の何思棠が、和平救国軍と称する中国人グループに拉致《らち》されたとき、これを救出している。彼は開戦で応召し、いまは航空隊の甲板士官をつとめていた。

ここでもてなしをうけたのち、駐屯の陸軍を訪問した。指揮官は連隊長だった。兵隊がズボンだけはいて、素足に草履、上半身は裸のまま、かしこまってお茶を捧げもってきたのには、驚きもしたが、おかしくもあった。陸軍では、こんな無作法なことが平気らしい。

司令官はスペイン総督に会うべく、連絡してもらった。この地は、もともとポルトガル領であるから、中立地帯のはずだった。ところが、さまざまな口実や因縁をつけて、オーストラリア軍がここにはいりこんで、陣地をつくっていた。

日本としては、オランダ領チモールを占領する以上、そのまま黙っているわけにいかないので、ここも攻略したのである。スペイン総督はすこぶる機嫌が悪かった。

といって、わが方としては、彼の言うことをひとつひとつ聞くわけにもいかない。しかも、敗残兵がデリーの街の裏山にたてこもって、しきりに悪戯《いたずら》をしていた。最近は、裏海岸（南方）に小型船が出没して、オーストラリアから物資の補給をうけ、無線連絡もとっている。疑えば、総督も電信所を通じて、暗号電報を打っている可能性もあった。

われわれは、生死を賭けた戦争中である。少なくとも、電信所だけはこちらで管理すべきことと、すみやかに敗残兵を討伐すべきことを、司令官はとくに強調して連隊長と話し合っていた。

水雷艇「初雁」。「西安丸」に随伴、チモール島デリーを訪問した

話の最中に、突如、空襲が報ぜられた。われわれとしては、停泊中の「西安丸」と「初雁」が心配になった。司令官は表の庭に出ると、心配そうに見ておられた。敵機は三機で、両艦に直行して爆弾を投下する。幸いにもそれて、被害はなかった。

これに安心して、すすめられるままに、裏の退避壕にいって、入口から状況を眺めていた。敵機は二、三回ほど陸上に機銃掃射をくわえてから帰っていった。

われわれの入港から空襲まで三時間ばかり経過している。「西安丸」の入港を見て、ただちに電報すれば、オーストラリアのダーウィンを出撃した敵機が、ちょうどデリーに到達する時間になる。

司令官は、その点に気づかれた。われわれは自動車で、裏山の少し登ったところにある、立派な洋館と庭を持つ総督官邸に直行した。総督はわれわれを出迎えると、立派な応接間にとおした。儀礼の言葉がかわされたのち、話は現地の国際問題に移った。

総督は、いろいろと心を悩ましている旨を語った。見たところ、神経衰弱症気味のようであった。司令官も、諸般の事情から同情を禁じ得ないと語られた。

そのあと、司令官は流暢な英語で、

「しかし、今日、私がここの港に入港してからオーストラリアに電報が打たれ、ダーウィンから爆撃にやってくれば、ちょうど先の敵機がきた時間に符合する。私はこれを考えると、じつに不愉快でたまらない」といわれた。

総督はあわてたように、いろいろと陳弁につとめるさまは、気の毒なようであった。

われわれがそこを辞したとき、玄関には総督の妻や女の子たちが出かけるところであった。

帰途、陸軍に立ち寄って、総督との会見のようすを話し、市内をとおって航空隊の士官室にもどった。市内は立派な街だったが、戦禍を逃れて、人通りはなく淋しかった。

航空隊の士官室には、報道班員の間宮茂輔氏がいた。彼はニューギニア戡定戦がすむと、司令官に請うて、ここに一ヵ月の予定できていた。

「初雁」は爆撃のさい、港外に出て待機していた。われわれはただちに乗艦すると、アンボンに向かった。帰途は無事、平穏であった。

アラフラ海作戦

地図を見ると、西ニューギニアの胸のあたりから、セラム島、アンボン島が同緯度に東西に並んでいる。その南にバンダ海、アラフラ海の広大な海域があって、オーストラリアに面している。

そのアラフラ海に、四国の半分くらいの大きさの群島が三つある。アル諸島、ケイ諸島、タニンバル諸島である。小スンダ列島はタニンバル諸島の最南端と同緯度線に、西にジャワ島につらなっている。

これでわかるように、小スンダ列島の最東端のチモール島は、アンボン、西ニューギニアおよびオーストラリアと相対する圏内から少し西にそれているので、第二十四特別根拠地隊司令部はアラフラ海をへだてて、直接オーストラリアに対していることになる。このようなことから、当司令部が早くから、アラフラ海の諸島に大きな関心を持っていたことは、充分にうなずかれよう。

そこで司令官は、セラム、ハルマヘラ、ニューギニアの戡定《かんてい》戦が終わると、アラフラ海諸島の攻略作戦をたびたび進言したが、南西方面艦隊司令部からは、なんの音沙汰もなかった。そのため司令官は、当隊の兵力のみをもって、一つずつでもやらせてほしいと、さらに進言したのであった。

昭和十七年六月中旬、艦隊司令部から、アラフラ海作戦を左記のように実施すると伝えてきた。

一、開始期日　昭和十七年六月三十日
二、指揮官　第二十四特別根拠地隊司令官
三、兵力　軍艦五十鈴、駆逐隊一隊（朝凪、夕凪、望月）、水上機母艦山霧丸および搭載機、第二十四特別根拠地隊所属艦艇、福見部隊および第二十四特別根拠地隊本隊

この命令に接して第二十四特根司令部は、宿願が達せられたと大喜びしたのは無理もなかった。私はただちに、当作戦計画に没頭した。資料はすでに準備していたので、あとはこの資料を、作戦にいかに利用するかであった。

幕僚の少ない根拠地隊としては、私が作戦主任だからといって、他の雑務をまぬかれることはできない。ことに私は、先任参謀という立場にあるので、すべてのことが私を通じて実施される。私は寸暇を惜しみ、細心の注意をはらって計画を練った。計画作成にあたっては、毎夜午前一時、二時までかかった。

私としては、実戦の計画作成は過去に数回あるが、今回のように大敵を前にしたのははじめてであった。しかも、オーストラリア軍の鼻先で、すこしばかりの貧弱な船と兵力で実施するのであるから、慎重のうえにも慎重を期したのは当然だった。

幾度も作成しては、修正に修正をかさねた。時間は容赦なく経過していく。作戦部隊が集まるのも、もうすぐである。

気は焦ってくるが、司令部内は副官の進言もあり、なるべく呑気な顔をしていた。これな

ら大丈夫というまでにこぎつけたのは、作戦部隊が入港してくる五日ほど前であった。

艦隊司令部からは、当方面担当の皆川参謀がやってきた。彼は、兵力が少ないので、島を一つ一つやるようにという。艦隊司令部は何を考えているのかと、私は思った。グズグズしていては、飛行機にやられるに決まっている。絶対に不意打ちで、しかも、一挙にやらなくては駄目だ。

アンボン司令部の面々──前列左端が木村36空司令、３人目が畠山司令官、後列左から２人目が津田副官、３人目が著者

また、艦隊司令部からは、作戦開始の約一週間前に、艦艇が一度にアンボンに入港するように指令されているが、そんなことをしたのでは、諜報の発達した今日、しかも敵潜水艦がアンボン湾口はじめ、あちこちに散在しており、敵に諜知されることまちがいない。

そこで、副官の津田威徳大尉が最初にいったように、作戦部隊は入港しても、すぐに待機位置に向けて出港するよう計画した。そのため、作戦の打ち合わせをおこなわなくてもよいように、計画書の書き方に苦心した。

このような考えだから、皆川君の言葉には耳を貸さず、こちらで計画したとおりに実施するため、司令官の裁可を得た。

計画書は、機密保持のうえから、私が謄写版で刷るのが一番よいが、忙しくてそんな時間はない。そこで、主計長の保証つきの主計兵曹を幕僚室にひっぱりこみ、そこで書かせた。原紙と反古の始末も、主計長が引き受けて、いっさい過誤がないように厳重に監督してくれた。できあがった作戦書類は、封筒にいれて幕僚室の戸棚に厳重に保管し、錠をおろし、その鍵は直接、私があずかった。

いよいよ作戦部隊の入港を待つばかりとなった。機密保持と対空警戒上、なるべくアンボンに船が集まらないよう、入港するとすぐに、出港後に開封することとして書類を渡し、いそいで補給を終えて、その日のうちに待機位置へ急行させた。

陸戦隊は、ニューギニア方面の警備交替の名目のもと、市街をとおらず、水上警備科の桟橋から舟艇に乗せ、アンボン市の反対舷から乗船させた。

各島の攻略計画の概要をしめす。

一、彼我の情況

蘭印における敵兵力は、おおむね殲滅せられ、目下オーストラリアのポートダーウィンより、ロッキード・ハドソン十機内外をもってアンボンを空襲するが、積極的ではない。また、原住民情報によると、アル、ケイ、タニンバル諸島における敵兵力は、ほとんどが原住民兵であり、その数も各五十名以内のようである。オランダ人も若干名いるが、一般住民はわれわれに好意を寄するもののようだ。

ニューギニア西岸、セラム島、バンダ諸島、チモール島を結ぶ線以北は、すでに第二十四特別根拠地隊兵力が駐屯し、治安は維持されて平穏である。

二、我のとらんとする方策

当隊は、黎明攻撃をもって、一挙にアラフラ海の諸島を攻略せんとす。このために、

イ、機密保持のため、各攻略部隊ごとに各待機位置に集結す。

ロ、攻撃開始とともに、黎明時に上陸し、まず電信所を押さえて敵の連絡を断つ。

ハ、これと並行して、敵兵舎を包囲して、とくに兵舎の出入口をおさえ、一挙に戦闘力を奪うものとする。

三、兵力部署

指揮官　畠山耕一郎少将。旗艦五十鈴　護衛初雁

第一攻略部隊（アル諸島ドボ）指揮官　北野亘中佐。兵力　第五十二駆潜隊（一隻欠）、第四警備隊の一コ中隊（一コ小隊欠）

第二攻略部隊（ケイ諸島トアール、ラングール）　指揮官　福見幸一少佐。兵力　福見部隊の一コ中隊および第二十四特別根拠地隊の一コ小隊、友鶴

第三次攻略部隊（タンニバル諸島サムラキ）指揮官　野間口兼知中佐。兵力　第二十九駆逐隊および第二十四特別根拠地隊の一コ中隊

輸送隊　指揮官　板倉得二大佐。第三砲艦隊（萬洋丸、億洋丸）、特設駆潜艇一隻
第一航空部隊　指揮官　市来大佐。兵力　山霧丸および搭載機（水上機）
第二航空部隊　指揮官　木村中佐。兵力　第三十六航空隊（水上機）

四、各隊の任務行動

イ、本職は行動開始（X日とす）前日の夕刻、将旗を「五十鈴」にうつしてアンボン湾を出撃、「初雁」をひきいてアル諸島、ケイ諸島間を遊弋、全作戦を指揮支援する。

ロ、第一攻略部隊は、コカス（ニューギニア西岸バボの西）に集結、対空対潜警戒を厳にしつつ待機、X日の日出時二時間四十五分前に、ドボ西方約二海里に揚陸しうるよう出撃すべし。億洋丸は、ドボを中心とする六十海里圏（荒天または波浪のため、大発の洋上航海不可能の場合は、ドボ水道西端付近）において大発を降ろし、陸戦隊を移乗させたのち、すみやかに護衛艇とともに待機位置に帰投すべし。

陸戦隊は上陸後、黎明初期に敵電信所を押さえ、これと並行して敵兵舎を包囲、その出入口を押さえて、一挙に敵が武力を発揮できないようにすべし。

ハ、第二攻略部隊は、セラム島北岸ブラに集結、対空対潜警戒を厳にしつつ待機する。X日の日出時三時間四十五分前に、大発がトアール水道北口に達するように出撃すべし。

萬洋丸はトアール水道北口を中心とする六十海里圏（荒天の場合は、水道北口付近）において大発を降ろし、陸戦隊を移乗させたのち、すみやかに護衛艇とともに待機位置に帰投す

べし。

陸戦隊は一部（二十四特根の一コ小隊）をトアール桟橋に揚陸、すみやかに電信所を押さえるとともに、敵兵舎を包囲して、その出入口を押さえ、一挙に敵の武力を奪うことにつとめる。

他の部隊は、ラングール北方橋付近の石垣に揚陸して、ラングールを占領すべし。

友鶴は黎明後、西水道より侵入して陸戦隊を支援すべし。

ニ、第三攻略部隊は、バンダ群島西側水道に集結、対空対潜警戒を厳にしつつ、待機する。X日の日出前約一時間前に陸戦隊をサムラキ桟橋に揚陸できるように出撃すべし。陸戦隊は上陸後、すみやかに敵電信所を押さえて兵舎を包囲、その出入口を押さえ、一挙に敵の武力を奪うべし。

サムラキ攻略が一段落したら、一コ小隊を残して他を収容し、タニンバル諸島西方の島を戡定し、待機位置に帰投すべし。

ホ、第一航空部隊はカラス湾（ニューギニア西岸ファクファクの南）を基地とし、タニンバル諸島よりチモール島東方海面の偵察索敵攻撃を担当し（経度をもってしめした）X－《マイナス》2日、敵をしてわが企図を察知されないよう同方面の偵察を実施、関係方面に報告通報すべし。

X日以後、全力をもって担当区域の索敵攻撃を実施し、第三攻略部隊に協力すべし。

へ、第二航空部隊は、バンダ島に前進基地を設定し、ケイ諸島以西の海面の索敵攻撃を担当し、まずX－2日、敵をしてわが企図を察知されないよう、偵察関係各部に報告通報すべし。
X日は第一、第二次攻撃隊に全力協力すべし。
ト、輸送部隊指揮官は、萬洋丸を第二攻略部隊に、億洋丸を第一攻略部隊に協力させる。上陸用舟艇および上陸部隊をおろせば、すみやかに戦場を避退して待機位置に引き返し、後命を待つべし。

その他
(1) X日は昭和十七年六月三十日を予定す。
(2) 予定どおり実施する場合は、六月二十九日午前八時に、発動符を第二十四通より数回連送す。各隊艦船は同日午前七時より傍受すべし。

戦いすんで

計画はほぼこの通りであった。水先案内として、各攻略地にくわしい人たちを乗せることにした。準備は着々とすすんでいった。

航空部隊は予定どおりに偵察をおこない、なんら異常のないことを報告した。

六月二十八日、敵機はニューギニアの口にあたるバボ湾に一機あらわれたが、幸いにも第一攻略部隊は発見されずにすんだ。敵機はメクウケにもきたが、別にたいしたことはなかった。

二十九日には、アンボンに数機が来襲したが、停泊している船は「五十鈴」と「初雁」だけで、被害もなく、機密保持上、具合の悪いこともなかった。例によってわが方は、ただでは帰さず、幸先よく、じつに意気軒昂たるものがあった。

空襲直後、予定の時刻に司令官は将旗を「五十鈴」に掲げ、アンボンの留守を第二十四通司令に託すと、戦場に向かった。当隊としては乾坤一擲の大作戦であるので、幕僚も軍医長をのぞいて全員が随行した。

幕僚室は艦橋下に移された。司令官と私とは艦橋にいたが、他の幕僚も、ほとんどが艦橋にいた。

夜になると、幕僚たちは、せまくて暑苦しい艦橋幕僚室のソファーに窮屈な思いをして、着のみ着のままでゴロ寝をしていた。しかし、明朝にひかえた敵前上陸が気にかかって、遅くまで寝つかれなかった。輾転反側していると、すぐに当直の時間になって艦橋に出ていくので、みな睡眠不足であった。

司令官も午後九時ごろに、「どうかね」といって、にこやかな顔で幕僚室をのぞいたあと、艦橋の司令官休憩室にいかれた。

三十日午前三時ころから、司令官はじめ幕僚たちは艦橋にあがっていった。

敵前上陸の時刻は近い。艦はアル諸島とケイ諸島の間を、南東の針路で静かに走っていた。艦橋はきわめて緊張した空気のなか、しんと静まりかえっている。時間は刻一刻とすぎていく。

艦橋はあいかわらず緊張につつまれたままである。電報も入ってこない。

艦橋の外に目をそらすと、東天はすこしずつ白みかけている。アラフラ海全域にわたる作戦地には、わが軍の神速な、そして果敢な敵前上陸が敢行されて、いま占領されつつあるはずである。なんら異常がないのであろうか、どこからも、何ともいってこない。

午前七時すぎ、食事の用意ができたと、艦橋にとどけられた。当直幕僚を残して、食事に降りた。朝食がすんでから、司令官休憩室にいった。司令官は歯を磨いているところだった。

この調子では、今作戦もほぼうまくいっていると思われるので、旗艦は予定どおり針路を反転する旨を報告し、許可を得て、艦橋にもどっていった。

昼近く、アル諸島の南西方で、旗艦の右舷至近の距離に油が浮いているのが認められた。津田副官が最初に気づいて、言いだしたのである。

ちょっと考えたが、このときは作戦がうまくいっているものと思っていたので、みなはわりあいに楽な気持ちで、なかば冗談もまじえた話で終わってしまった。

これは、第三十六航空隊の徳倉正志中尉が水偵を操縦して北方に飛んでいたとき、後方から突如、攻撃してきた敵機を返り討ちにしたもので、敵機の航空燃料であったのだ。

徳倉機は座席の両側に敵弾をうけていた。敵機はあまりにも接近しすぎて打ったため、固定機銃の弾道が一点に集中しなかったようだ。徳倉君は不意をつかれたものの、助かったのである。

徳倉君は、私が兵学校教官のときの担当分隊にいた生徒であった。中学校時代にはラグビー選手で、まさに闘志満々の元気者だった。

旗艦はその後も水雷艇に前路を警戒させながら、敵の出現を待って、アル、ケイ諸島の間を遊弋《ゆうよく》していたが、ついに敵と会う機会はなく、アンボンに向かったのである。

その間の各部隊の攻略戦は、いかなるものであったろうか。

第一攻略部隊は計画どおりに進捗して、敵の抵抗にもあわなかった。第二攻略部隊は、予定どおりに上陸用舟艇を降ろし、陸戦隊を乗艇させて水道に向かった。水道を入って間もなく、東側の海岸に狼煙《のろし》があがった。つづいて、西側の海岸にもあがった。

さらに、東側と西側の交互に、各三回あがった。どうやら発見されたようだ。今日は激戦になると思いながら、部隊はトアールの桟橋から上陸した。予定計画にしたがって、電信所と兵舎をめざし、二手に別れて進んでいった。しかしどうしたことか、敵の抵抗はまったく見られなかった。

あとでわかったことだが、敵の哨兵はわが軍の来襲を発見して、つぎつぎと狼煙をあげたが、最後の七番目の哨兵が居眠りをしていて報告がとぎれ、トアールに対しては、まったくの不意打ちとなったのである。

わが陸戦隊は、難なく電信所を占領した。しかし、兵舎に向かった一隊は、計画にしめされた地点に、その兵舎を見つけられなかった。他に移していたのだ。

ただちに付近住民の案内で移転先に向かったが、このときは敵もすでに感づいて裏の畠地に逃げこみ、ここに戦闘の火蓋がひらかれた。

敵は死にもの狂いで頑強に抵抗したが、わが精鋭に抗し得べくもなく、しだいに押しまくられて、バンカーに乗ってわれ先にと対岸に逃げだした。

おりしも、第三十六空の水偵が飛来して、このバンカーに銃爆撃をくりかえし、すぐに撃沈してしまった。敵は多大の死傷者を出したが、わが方も二名の死傷者を出した。

福見司令は、トアールに一部を揚陸したのち、残りの部隊をひきいてラングールに向かった。計画にしめされた地点に上陸、南下すると、ラングールをめざした。ここでは、敵はわが方に抵抗する術もなく、オランダ人もすべて逮捕することができた。

そのなかには、サパロアから逃亡した行政官もいた。

彼はケイ諸島をへてオーストラリアにわたり、ポートダーウィンから濠州縦断道路を、五日をかけて南岸に達し、シドニーで連合国軍と連絡したのち、その指令をうけて、ふたたびラングールに帰っていたのであった。

第三攻略部隊は、難水路も無事にすぎて、予定計画どおり、サムラキの桟橋に陸戦隊を揚陸した。陸戦隊は、桟橋から突堤の上を町に向けて進撃しはじめたところで、猛烈な機銃の集中射撃を受け、一歩も前進できなくなった。しかも、突堤の上では遮蔽物がない。

やむなく煙幕をはって、突堤の両側に身を伏せ、敵の隙をみては進むよりほかなかった。

それを見た駆逐隊司令は、ただちに三艦に援護射撃を命じた。駆逐艦は凄まじい火蓋をいっせいにひらいて、突堤付近を中心に、陸上はたちまち砲火につつまれた。

この艦砲射撃には敵もびっくりしたようで、まもなく敵は蹴散らされて、ジャングルの中を北方へ遁走した。

こうして、やっと陸戦隊も進撃に移り、たちまちサムラキの町は占領された。

攻略部隊は、次の攻略地を持っているので、ここにとどまってはいられない。五十名の兵員を残すと、いそぎ次の攻略地点に向かった。

サムラキに残された部隊の隊長の木下特務少尉は、兵力が少なく、地理もよくわからないので、サムラキの町の北側をかためて、敵の来襲に備えることにした。サムラキの町は岬の南端にあって、町の南には敵の潜伏しそうな場所はなかった。

第三攻略部隊の第二攻略地点は、ごく小さな島で、町も小さく、敵もいなかった。陸戦隊は上陸しただけで、すぐに引き揚げてきた。

航空部隊は、当日は早朝より全力をあげて索敵警戒するとともに、陸戦隊に協力したが、トアールのほかには別に異常はなかった。ただ、第一航空部隊では未帰還機を出したので、さっそく捜索にあたった。未帰還機はセラム島とケイ諸島間に不時着し、付近を航行中のカヌーを認めて救助を求め、カヌーは帆を張ってカラス湾に向かい、翌々日には帰投することができた。

作戦は順調に計画どおりにいき、引き揚げにかかった。しかし、まだ正式に報告をうけていないので、順調にいったものとの判断で、旗艦は攻略翌日の七月一日午前十一時、アンボンに帰った。

司令官はすぐに上陸することになり、内火艇に乗るときになって、陸警科長の安藤大尉が電報を持ってやってきた。さらに、陸警からは中川特務大尉が一コ中隊を率いて、大発で一緒にきている。

なにごとかと怪しんで、安藤大尉が渡した電報を読んだ。それには、サムラキからのもので、「敵輸送船二隻見ゆ、陸兵満載」とあった。

私は頭をかしげた。昨日攻略したばかりである。しかも、まだ航空部隊が警戒をといたわけではない。どうもピンとこない。次の電報を待つことにした。

旗艦と「初雁」には十五分間待機を命じ、中川中隊を旗艦に乗りこませて、司令部は陸上に帰ることにした。

帰ると、ただちに敵兵力や、船の大きさなどを問い合わせる電報を打ち、昼食にかかった。

電報はつぎつぎと届けられた。

「一隻は桟橋に近づきつつあり、一隻は対岸に揚陸するもののごとし」

「敵は陸戦隊を揚陸するもののごとし」

「敵は英国旗を掲ぐ。陸戦隊を揚陸しつつあり」

ただちに「五十鈴」と「初雁」に即時待機が発令され、駆逐艦隊にも出撃準備が発令された。そして、これらの電報は、すべて南西方面艦隊司令長官に報告されて、二十三航戦司令官にも通報された。

三十六空司令の木村中佐は、すぐに司令部にやってくると、情況を聞き、

「これは、いい餌だ」

と意気揚々と帰っていった。

とりあえず一機を出撃させて、触接させつつ、準備ができしだい、攻撃機を出すことにした。

野間口駆逐隊司令に対しては、駆逐艦に乗っている陸戦隊を大至急、サムラキに送り、かつ敵輸送船を攻撃するよう電命が発せられた。

「五十鈴」は、ケイ、タニンバル間を抜けて、東方からサムラキにむかい、途中で駆逐隊を合同する予定で電報した。司令部はこの処置をとると、いそいで「五十鈴」に乗艦し、「初雁」を率いて出撃したのである。

アンボンを出港して間もなく、濃霧に襲われた。全速力でサムラキに向かわなくてはと心はあせるが、濃霧のなかでの高速は危険である。この付近の霧はめずらしい。高速発揮を見合わせると、情況の推移を見ることにした。

このころ、南西方面艦隊司令長官から、「旗艦足柄を率い、マカッサルに向けスラバヤ出撃」という電報とともに、第二十三航空戦隊および第十六戦隊に攻撃命令が発せられた。

一方、野間口駆逐隊司令からは、

「燃料不足のため、とりあえず司令駆逐艦松風に他艦の燃料を移し、サムラキに向かう。他の駆逐艦はアンボンにおいて燃料補給のうえ、出撃せしむ」

という電報がきた。また、サムラキの木下隊長からは、

「敵商船は約百トンなり」

「敵商船は横づけして死傷者を移しつつあり。敵死傷約六十以上」などの電報があった。

これらの電報は、間髪をいれず関係先に通報されたが、木下隊長の電報を見て、「なんだ、たいした敵ではないじゃないか」といっていると、ついで、「敵商船は遁走せり」との電報がきて、私はホッとした。

敵は少数であったというが、味方はさらに無勢で、わずかに五十名である。とにかく、大部隊の出動は止め、「松風」だけはサムラキに向かわせて、陸戦隊を揚陸させることにした。司令官は、「松風」一隻では敵の空襲を受けて、もしものときは乗員を助けるすべがないので、水雷艇一隻をつけるようにといわれた。そこで「初雁」を、タニンバル諸島北岸付近で合同させるようにとりはからった。

新式の水雷艇ならば航続距離が大きいので、サムラキ往復もわけはないが、初雁級の旧式艇では、それができなかったのだ。

かくて大事件にもならず、「五十鈴」はアンボンに帰ることになった。約一時間後、霧が晴れるとともに変針して引き返した。

アンボンに帰り着いたのは、日没ごろだった。

司令部は陸上に帰った。そして、敵はかならずアンボンを空襲すると思われるので、艦隊長官から作戦部隊解散の発令が出ていないが、その晩のうちに「五十鈴」を西方に避退させる意味で出港させた。

三十六空の水偵がサムラキについたとき、すでに敵は遁走して発見できなかった。その南方をさがしたが、猛烈な驟雨にさえぎられて、引き返すのやむなきにいたった。

三十三航戦からも中攻隊がクーパンから攻撃に出たが、おなじく驟雨に邪魔され、敵も遁走したという電報に接して引き返したのである。もちろん「足柄」も第十六戦隊も出撃はしていない。

翌日、案の定、敵はアンボンの空襲にきた。まだ駆逐艦も水雷艇も帰投していなかったので、アンボン湾はがら空きだった。敵は無為にして、しかも戦闘機に追いまくられ、傷ついて帰っていったのである。

作戦終了の電報をうった。作戦部隊の編制はその後に解かれ、部隊はつぎつぎにアンボンへ帰ってきた。作戦は順調にすすみ、情況さえ許せば、祝宴を張りたいところだった。しかし、オーストラリアの鼻先でもあり、ことに敵は、不意をつかれた腹いせと、オーストラリア攻略にたいする警戒もあるので、今後も敵襲があると思わねばならず、やむなく祝宴は断念せざるをえなかった。

昭和十七年二月五日、第二十四特別根拠地隊先任参謀兼副官として現地に赴任してから満一年五ヵ月、任務を全うした私は、昭和十八年七月十九日、横須賀鎮守府付を命ぜられてアンボンを離れ、昭和十八年八月十八日、航空母艦「雲鷹」副長に補せられたのである。

第二部　空母「飛鷹」海戦記

空母「飛鷹」への赴任

昭和十八年十月初頭、航空母艦「雲鷹」は輸送任務のためトラック泊地にいた。五日午前、私は日課手入れ後の巡検をすませて、右舷舷門の士官煙草盆で休憩していると、電報取次が電報をとどけてきた。

板ばさみをうけとって読んでいくと、

「発信者海軍省　受信者雲鷹

本文　志柿謙吉　補飛鷹副長

至急赴任せしれられたし」

というのがあり、驚いてしまった。「雲鷹」にきてから二ヵ月もたたず、しかも後任者なしである。

煙草盆のところには、砲術長鈴木少佐と航海長石井大尉がいた。私の後任者がないとすると、砲術長が兼務となる。彼は特務士官出身ではあるが、少佐になると特務がとれるので、軍令承行令からいって、とうぜん副長ができる。彼も困ったような顔をしていた。

航海長は高等商船出身の予備大尉であるだけに、特設航空母艦についてはなかなかにくわしい。「飛鷹」は、世界一周航路用として計画された豪華船「出雲丸」が前身で、「隼鷹」が「橿原丸」だという。南太平洋海戦の直前になって、機械故障が起きたため横須賀に引き返し、ずっと修理にあたっていたという。

私はすぐに、その電報をもって艦長室を訪れた。艦長もびっくりしておられた。ともに輸送任務に従事していた「隼鷹」から、信号がきた。副長でクラスメートの室田中佐と、おなじくクラスメートで機関長の末国中佐から、今夜、陸上で送別会をやるというものだった。

夕刻、私たちは上陸すると、まず宿を予約するために水交社にいく。その玄関で、名前はよく知らないが、顔見知りの中佐に会った。彼は懐かしそうに、私に話しかけてきた。

彼はいままで「飛鷹」内務長をつとめており、副長欠員のため、副長の職務を執行していたそうである。

「飛鷹」の修理は完成しており、人員が補充され、呉に回航して瀬戸内海で訓練をするため、目下横須賀で準備中である。

そして、副長は間にあわないから、呉で着任することになるだろうが、とにかく急いで着任してくれという艦長からの伝言を伝えてくれた。

翌六日、大急ぎで荷造りをした。飛行機で赴任するので、荷物のほとんどは内地でうけとることにした。

昼食時に別盃の宴がもよおされ、終わってすぐに上陸、水交社に一泊のうえ、七日早朝には飛行艇でサイパンを経て横浜着、横須賀に向かった。「飛鷹」はすでに呉に回航していたので、さらに汽車で追いかけ、十日に着任した。

「飛鷹」は二万トンを越える大艦である。それも戦艦のように重装甲をしていないので、トン数にくらべていちじるしく図体が大きい。着任してみると、さらに大きいような気がする。舷梯は後甲板にあって、そこから中央に格納庫をはさんで、前甲板まで左右二列のトンネルが、とても長くつづいている。士官室は、その一番前にあり、士官室の右舷が司令官室、その後方（司令官室が後甲板の方を向いているので、その前の右舷側）が艦長室となっている。

私はまず艦長室にいって、着任の挨拶をした。艦長は、「君の奥さんと、僕の家内は、横須賀高女で一緒だったそうですね」といわれた。

艦長に挨拶を終えて士官室にいき、在室の士官たちに一応の挨拶をすませ、艦長室の反対側になっている副長室にはいった。

まもなく総員集合が飛行甲板でおこなわれ、艦長より総員にたいし、私が紹介された。いよいよ「飛鷹」副長としての勤務がはじまる。

緊張のなかの初出撃

私が着任したとき、ほぼ陣容はととのっていた。飛行科をのぞいて、乗員は約千名である。私は少尉のときと、大尉の最後の年に空母「鳳翔」に勤務したことがある。航空母艦はじつに厄介な船である。船そのものの構造が変わっていて、そのうえ毛色のかわった飛行科もおり、これがなかなか統御しにくく、しかも他科との折合いが悪くて、副長としてはたいへんな苦労を強いられる。

私は経験があるだけに、すでにその点の重荷を感じていた。しかし、艦長の古川大佐（海兵四十三期）は温厚な人だし、私が中尉の一年目、十三号駆逐艦の乗り組みだった当時、所属の第二水雷戦隊通信参謀だった方である。

機関長は、私のひとつ下のクラスの機関中佐、航海長は竹下少佐、砲術長は臨時に砲術学校からきている益山少佐、内務長が渡部少佐、通信長は私が兵学校練習艦「鬼怒」分隊長時代の生徒の中館少佐など、みないい人たちばかりであった。

着任の日だったか、昼食のときに、歓迎の意味で、ちょっと酒が出た。酒好きな通信長は、さっそく元気を出していたが、みんな一緒に愉快にやろうといって、私に大いに期待をかけているということだった。とても和やかである。みんな良い特徴を持った人たちばかりで、私はこれなら、きっと愉快にやれるという自信を深めたことだった。

そのうちに砲術長が着任した。同クラスの内務長は、とてもよろこんでいた。田中兼光少佐といい、落ち着いた厳格そうな人だった。典型的な砲術家といえよう。

神保中尉も着任した。彼には電波探信儀、水中聴音機関係の第六分隊長を担任してもらった。彼のクラスでは、第一分隊長内山中尉、第三分隊長の宇田中尉がいる。かれらは私が兵学校教官の最後の年に入校した七十期の生徒だ。みな元気一杯である。第一次室（ガンルーム）も、大山中尉以下、元気な人たちで、和気藹々《あいあい》としていた。少尉候補生も、長沢、宮林ら五名が乗ってきた。みんな可愛い、元気一杯な人たちだった。特務士官、下士官兵、みんなもう揃っていた。

ここで「飛鷹」士官室士官以上を掲げておこう。

室士官以上

艦長	大佐	古川保	昭和十九年二月、霞浦空司令に転任
〃	大佐	横井俊之	
副長	中佐	志柿謙吉	
機関長	(機)中佐	宇野重三郎	
飛行長	少佐	中西仁一	
航海長	少佐	竹下正幸	
砲術長	少佐	田中兼光	
内務長	少佐	渡部某	
軍医長	(医)少佐	某	昭和十九年四月、転任、後任者名失念

飛鷹士官			
八分隊長	(機)大尉	稲熊　某	
主計長	(主)大尉	松長　世隆	
	(医)大尉	田中　太郎	
九分隊長	(機)大尉	若重　某	昭和十九年二月、転任
〃	(機)大尉	小熊　某	
二二分隊長	(機)大尉	桑原　某	
二三分隊長	(機)大尉	真鍋　某	
	大尉	宮内　安則	攻撃機隊長
	〃	小林　保平	戦闘機隊長
一分隊長	〃	内山　真人	
三分隊長	〃	宇田　広美	
六分隊長	〃	神保　正春	
二分隊長	中尉	沖土居某	

ほかに飛行科士官朝枝大尉、伊藤大尉、香取大尉、三浦大尉あり。

さっそく広島湾での訓練がはじまった。呉にいると、夕方になると上陸したくなる習性があって、訓練に身がはいらない。それが訓練地にいくと、これも習性で、なにもかも煩悩を断ちきって、安定した気分で充分に訓練に専念できる。

訓練日課は、夜明け前に起きて、まず日出時の訓練である。訓練がすんでから、洗面、朝食となる。

朝食後、約一時間休憩の後、午前の訓練になる。午前十時半ごろに止めて、それから日課手入れをやり、午前十一時四十五分昼食、午後一時から午後の訓練、終わって夕食、そのあと約一時間ばかり休憩してから、夜間訓練となる。夜は午後九時から十時ごろまで続けるのだ。

みんな寄せ集めただけで、まったく摺り合わせができていないので、渾然一体とするためには、相当長い月日を要するのであるが、今はもうそんな悠長なことを言っている暇はない。ただ一気に、馬車馬のごとく目標に向かって猪突猛進するばかりである。

昭和19年２月11日、「飛鷹」の主要士官。前列左より松長主計長、渡部内務長、竹下航海長、著者、古川艦長、宇野機関長、田中砲術長、稲熊大尉、田中軍医大尉、後列左より神保中尉、内山中尉

みんな、渾然一体となり、一生懸命に精進した。何も考えずに、精進した。そのうちに各自の摺り合わせも次第にできて、兵器の悪いところも出て来るし、摺り合わせも良くなってくるのである。皆の精進で、能率は見る間にグングン上がっていった。

十日間ばかりの訓練で、燃料の関係もあり、出動訓練はわずかに十二回に過ぎなかったが、まず一応、一通りの訓練はできあがった。そしてふたたび残工事をやるために、呉に入港した。

呉に入ると、今度は工事やら何やらで、訓練はなかなかできない。急速整備である。しかし、整備もまた訓練である。分解手入れ中に、教育もするし、研究もする。作業地で構造の説明、研究は、勿体ない話である。

工廠やら、軍需部やらでも、戦争の華形として、航空母艦は常に優先的である。いわんや、乗員をやでである。乗員が張り切っているところに、工廠、軍需部で、これも持って行け、これは要《い》らぬかと、盛んに応援してくれるので、張り切り方も、また一しおである。

日本国内では航空燃料が欠乏して、学校での教育飛行さえ制限されているありさまで、「飛鷹」が所属する第二航空戦隊の飛行機は、昭南（現シンガポール）で訓練をしていた。

十一月下旬、昭南の二航戦司令部から連絡があって、飛行訓練の方は終期に近いので、母艦の方も訓練整備をいそぎ、いつでも出撃ができるようにしてほしいとのことである。

二航戦は旗艦「飛鷹」、二番艦「隼鷹」、三番艦「龍鳳」の予定という。旗艦となると、乗員の苦労も大きいが、副長の苦労はまた格別となる。私は幕僚たちが居心地よく、安心して

「龍鳳」——昭和18年12月、「飛鷹」に同行してマニラに向かった

充分に事務をとれるように心くばりをした。艦内の整備は、かなりすすんでいった。「飛鷹」は、特空母といっても下甲板工事中に改装されたため、特空母としての脆弱性はわりに少なかった。しかし、軍艦のように区画を小さくして、被害のさいに区画的に防御する、いわゆる区画防御の能力に劣っていた。これは、根本的につくりかえるよりほかないので、やむを得ないところだ。

　出撃の日を目標に、訓練は着実にすすめられていった。

　十二月だったと思うが、いよいよ第一回の出征となった。「飛鷹」は呉と岩国で、昭南におくられる飛行機、軍需品を、飛行甲板や上下二段の大格納庫に満載し、豊後水道を出て一路マニラに向かった。同行するのは、空母「龍鳳」と警戒の駆逐艦四隻であった。

　台湾と比島との間にあるバシー海峡は、私が中尉時代、特務艦「早鞆《はやとも》」にいたときに数回通ったことがあるので、懐かしい思いであった。

　マニラ湾にはいると、なるべく行動を秘匿するため、マニラのずっと北方に仮泊した。護衛の駆逐艦に燃料を補給すると、すぐに出港である。その間に、艦長はマニラの第三南遣艦隊司令部を訪問された。

出港は翌朝だった。マニラ湾口は、とくに慎重に航行した。マニラと昭南との中間くらいのところだった。左十度の水平線に、突如として岩らしいものが突っ立って見える。暗礁かと思って、海図にあたって見るが、見あたらない。

なんだろうと、艦橋では不思議がっていた。私も二十センチ望遠鏡で凝視していたら、岩のようなものの左側に手摺《てすり》がついているのが見えてきた。いよいよ不思議がっていたら、なんとこれが船だった。

船尾を下にして、縦に沈んでいる貨物船であった。潜水艦にでもやられたのであろうか。さっそく護衛の駆逐艦をやってみさせたが、乗員も、一人も見えないと報告してきた。何となく不気味なうちに通りすぎてしまった。

それから数日して、マレー半島と昭南島との間の海峡の入口にきた。ここで、昭南から飛んできた飛行機の着艦訓練をおこなったのち、海峡に入った。そして、左に飛行場を見るところに投錨した。少尉候補生のとき、遠洋航海のさいに入港したのは、昭南島の南側の商港の方であった。

投錨してまもなく、二航戦の参謀や、飛行隊の幹部たちがやってきた。艦は急ににぎやかになり、活気をおびてきたようである。「飛鷹」は旗艦となるので、その方面の交渉を、私は参謀からいろいろと受けた。また、飛行機の乗艦などについても打ち合わせがあった。

その一方では、入港早々から搭載物件の陸揚げがはじまった。これが終わると、陸上基地撤収、物件搭載と運送屋以上のいそがしさである。

わずかの時間を見て水交社にいくと、食堂でクラスの築田らしいのがいた。大尉のはじめにちょっと会ったきりで、もうずいぶんと会っていない。そのうちに、同郷で二つ下のクラスの中山義則君に会った。

彼はこれから潜水艦でドイツに行くところだという。そこで、彼にくだんの人物の名をたずねると、やはり築田であった。ひさしぶりに築田と話した。築田は昨日、ドイツから潜水艦で帰ってきたばかりで、明日、飛行機で内地に向かうとのことである。

約一週間の停泊も、目まぐるしいうちに過ぎて、出港準備はととのった。今度こそ、航空母艦としての性能をそなえたわけである。

天気晴朗、波静か

「飛鷹」は将旗をかかげると、僚艦「龍鳳」をしたがえ、駆逐艦に護衛されて威風堂々、昭南を出港した。海峡の東口を出て艦載機を飛ばし、対潜警戒を厳重にしつつ、補給地ボルネオ東岸のタラカンに向かった。

私は少尉のとき、大正十二年、当時まだ実験中の航空母艦「鳳翔」にいたことがある。さらに大尉の晩年、すなわち昭和十年、同艦の砲術長として、第一艦隊第一航空戦隊にいたことがあり、別に珍しいことではないが、何となく活気に満ちて華々しいような気持ちであった。兵隊たちは、さらに元気づいていることだろう。

平穏な航海をつづけて、無事タラカンに着いた。中尉の晩年、すなわち昭和三年に二回きたことがあるので、私には別に珍しいところではなかった。栈橋に横づけして補給をする。士官たちはタラカンの町や油田などを見学に出かけていった。重油の搭載は日没時分に終わり、沖に投錨することになった。

巡検時分に、警備隊の特務少尉と兵曹長の訪問を受けた。見れば、前者は私が上海陸戦隊にいたときに一緒だった。後者は「球磨」砲術長で、青島にいたとき、士官室従兵長をやっていた人で、共に懐かしさは限りなかったけれども、時間もなく、ただ挨拶するだけで残念だった。

翌朝の出港のさい、私が艦長に代わって操艦した。今度の航海も天気は晴朗、波静かで、きわめて平穏だった。フィリピンの南をすぎて、いよいよ明日トラックという日に、トラックから飛行機がやってきて、通信筒を落としていった。

幕僚が受け取って読んでいたが、トラック着と同時に飛行機はすべて揚陸し、母艦は瀬戸内海に帰って訓練、という内命であった。

私たちは華ばなしい母艦作戦を夢みていただけに、ガッカリさせられた。艦のなかでは、トラックに着くまで、この話でもちきりになった。

トラックに着くと、「飛鷹」は連合艦隊旗艦「武蔵」のすぐ後方の浮標につながれた。幕僚は「武蔵」にいったが、まもなく帰ってきて、飛行機はラバウル方面の作戦につかわれる意向だと伝えられた。

これで揚陸物件も決まり、飛行科につけて、軍医長、主計長も残さなければならず、ふたりを「飛鷹」から出すことにした。また、酒保物品も残すのだが、船とのつり合いも考えねばならない。

私は主計長の松長大尉を呼んで聞くと、呉に帰ればなんとかなるという。そこで、呉までの分をのぞいて、すべて陸揚げすることにし、そのむねを中西飛行長に話すと、とても喜んでいた。

それから、何やかやと陸揚げに忙しかった。そのうちに警戒警報が発せられた。何事ならんと、ちょっと色めきたったが、トラックのずっと南の方の島の見張りが、国籍不明の飛行機を見たということだった。しかし、これも何事もなく、まもなく警報は解除になった。

トラック在泊もわずかに五日間ほどで、陸揚げもすみ、艦は内地に帰ることになった。せっかく意気ごんで出撃してきただけに、なんだか張り合い抜けがしてしまう。飛行科の人たちの武運長久を祈り、「飛鷹」は駆逐艦に護衛されて内地に向かった。

まだ太平洋の真ん中で、大晦日になった。その朝早々、餅搗《もちつ》きというので、私も早く起きて、届けて来るのを待っていた。

私が考えついたのは臼である。積み込むのを見ていない。さっそく主計長代理の掌経理長を呼んで聞いてみると、積むのを忘れたから、金属の洗濯桶でやるという。私は、断然反対した。どんな手段を尽くしても、二臼か三臼で、かならず孔をあけてしまう。

洗濯桶は、この物資不足の折、ふたたび手に入る見込みはない。しかし、何回も何回も、やって来ては懇願する。兵隊たちが可哀そうだという。何も餅を食わなければ、正月が越せぬわけでもなし、戦争に敗けるものでもない。むしろ、これから先、兵隊が洗濯ができないことの方が遙かに重大である。呉に正月二日に入る予定だから、入港したら、三日分の餅を食わせることにして、断然止めさせることにした。

兵隊たちは、用意までして楽しみにしていたので、がっかりしたらしいが、止むを得なかった。ただ蒸している糯米《もちごめ》だけは、適当に処分せよと、処分法も一任して結末をつけた。そして無事呉に入港し、入港祝いもゆっくり許して、さっそく掌経理長を陸上にやり、餅の交渉をさせた。

豊後水道に入った直後だったと思う。ケプガン内山大尉を呼んだ。そして入港当日はガンルーム（若い中・少尉たちの公室）で当直を受け持って、特務士官、准士官の家族持ち全員を上陸させてやるよう言っておいた。また士官室は私がいうまでもなく、呉に家庭を持っている人を全部上陸させて、チョンガーが当直をするようにした。これが武士の情けというものだ。

なお、候補生たちは、この一回の航海ですっかり実務を覚えたので、間もなく彼らの希望を聞いて配置を変更することにした。

新艦長を迎えて

帰港するや、訓令工事で未済のものがたくさんあるので、工廠総務部長にあらかじめ信号をおくり、各科長同道で出かけていった。工廠では会議中であったが、総務部長の松木大佐（機関科）が対応して、

「君のところは、先刻、艦長がこられたのでたずねたら、なにもないといわれたよ」

との挨拶だった。松木大佐は、私が「三隈」砲術長のときの機関長であり、砲術学校高等科学生当時の教官でもあったので、親しい間柄であった。私は意外な感に打たれながらも、持参の訓令綴をたたいてみせて、

「冗談じゃない、このとおり山ほどある。どうしてもやってもらわないと、ただちに戦闘力に影響するところもあるから困る」

と突っぱった。

彼もちょっと予定が狂って、困ったらしい。しかし、それでは午後四時ごろに来てくれ、打ち合わせをやるからということで、別れた。

「飛鷹」「隼鷹」は特設空母で、しかもアイランド型の艦橋を右にもっているため、燃料満載時あるいは未載時は右舷に七度傾斜するようになっていた。これでは母艦としての性能、すなわち飛行機の発着が不可能になる。

「飛鷹」ができた当時は、ミッドウェー作戦の失敗でいそいだためもあろうが、軍令部ではそれほど航続距離を問題にしなかったらしい。大型空母はつぎつぎと失われ、この「飛鷹」級が第一線の根幹となっていた。しかも、南方諸島もあやうくなった今日では、航続距離の

増大は焦眉の急と私は確信して、強硬に主張した。

その甲斐あって、左側の空所にバラストをつめることになった。これで、傾斜は三度に減じられた。

そのほか、缶室隔壁の補強をはじめ、こまごまとした工事をやってくれることになり、われわれは大いに意を強くしたのである。帰り道に各科長は、

「これから、こんな交渉は、副長がやってください。艦長じゃ駄目ですよ」

という。私は帰ってから、艦長室にいって報告した。

「そう、それはよかった。工廠はいそがしいから、いっても駄目だと思っていわなかった」

と艦長は、はじめから諦《あきら》めていたようだ。

私は、あと約一時間半を、岸壁に係留中の「瑞鶴」に行って過ごすことにした。私は、クラスの副長室田勇次郎のところで過ごすことにしたのだが、室田は理髪中だった。

時間になって工廠に行くと、関係係官全部が参集していた。

第一の問題は、便所である。これは参考のために一応書いてみると、大馬力の発動機が、艦底の電動機室にあって、自動的に便所の水をタンクに汲み上げる。タンクが満水すれば、自動的に停止するのであるが、タンクの水は、その水管を一部逆戻りして、それから分岐し、各便所に行っている。

そんな構造だから、もし便器に水を流しているときに電動作動するか、電動作動しているときに便器に水を流したりしようものなら、大圧力の水は、便器の中に大変な勢いで奔騰し

て、頭からかぶってしまうことになるわけである。

下士官兵の便所は、ある一定時にしか流してはいけないようにしてあった。したがって、その付近は臭くてやり切れないし、不潔でたまったものではない。

昭和19年5月、内海西部において傾斜試験中の空母「隼鷹」

そこで、甲板士官の大山中尉にやかましく言ったら、彼は構造上やむを得ないという。そんな馬鹿な構造があるものかと言ったら、彼は、いささか憤慨して青写真を持ってきたので、一緒に研究したら、なるほど彼の言う通りであった。

そして、士官室便所だけを不都合ないように改造して、艦長室と下士官兵の方と、艦橋便所は不都合のままにしてあったわけである。

私は、さっそく理由とともに、危険なことを謄写版にして、各部に配布するかたわら、士官室で内務長に話したら、内務長は、艦橋厠《かわや》ですっかり尻を洗われたことがあったという。

さらに艦橋幕僚室に行って話したら、みんな一度は艦橋厠で頭からかぶったり、服を濡らしたり、さんざんな目にあったということだった。

このことをこの打ち合わせ会で話したら、工廠側でもびっくりして、さっそく改造することになった。これは神戸造船所の設計で、「飛鷹」だけのものではなく、神戸で造った船は、みんなこのような構造になっている。

工事は順調にすすみ、二月の終わりごろになって、ラバウルに進出中の飛行機隊も引き揚げてきた。まず、軍医長と主計長が帰ってきた。二人とも第二航空戦隊の飛行機隊、とくに「飛鷹」隊の活躍を報じ、絶賛していた。

特に松長君は、今まで飛行科は横暴で、反感を持っていたそうだが、今度の経験で、すっかり感心し、飛行科のためなら、どんなことでもやりますと言っていた。また人生観も変わったそうだった。

飛行隊の人たちも、まもなく帰ってきた。みな元気いっぱいだった。飛行長中西少佐、戦闘機隊長の小林保平大尉はそのままだったが、攻撃機隊長の薬師寺大尉は霞ヶ浦空教官となり、宮内安則大尉が後任者として赴任してきた。

彼らの話によると、せっかく私が期待をかけて残してきた軍医長は、終日、酒と麻雀に耽《ふけ》って、重傷者があっても、行方はわからず、たとえわかっても、決してやってこないと、みんな不満で、ブーブー言っていた。A君は、きわめて愉快な男であるが、大変な酒豪だということは聞いていた。

まさか飛行科の人たちが言うほどでもあるまいと思って、私は話半分に聞いていた。酒保物品も、鰻の肝の缶詰の悪口をいっていたので、その栄養価大なるを話してやったら、

「しまった。後のやつらにやるんじゃなかった」といって、残念がっていた。

　飛行機隊は岩国航空隊で再編成することになった。また、空地分離の論が優勢を占めて、飛行機隊は母艦艦長の指揮を離れて、二航戦司令官直率となり、前の先任参謀が航空隊司令となった。そして先任参謀には、私のクラスの寺崎隆治大佐がやってきた。

　艦長も交代された。善人の古川保大佐は霞ヶ浦航空隊司令となられ、新艦長には、横須賀航空隊教頭の横井俊之大佐がこられた。

　新旧艦長交代の日に、私の発起で、歓送別会を料亭徳田でやった。人数の関係上、准士官は除くことにした（准士官の感情を悪くしないように、あらかじめ先任者を呼んで了解を求めておいた）。

　旧艦長は、まことに温厚な方であった。後日、新艦長が私に話されたことによると、旧艦長が申し継ぎのさいに、士官室の統率は副長がしっかり掌握しているから、まかせておけば大丈夫だといわれたという。だから万事よろしく頼むといわれ、私は感謝した。

　新艦長を迎えて、「飛鷹」は広島湾での訓練に専念した。柱島水道で、岩国沖で、あるいは伊予灘で、一生懸命に訓練に従事した。

　あるとき、工作長稲熊大尉の発案で、岩国沖で重油を片方に移して、九度傾斜させて訓練してみることになった。これは、缶室あるいは機械室の片舷に浸水したとき、九度傾く計算になるからである。

　各科でもいろいろ計画をたて、朝から喞筒《そくとう》（ポンプ）で重油を右舷に移しはじめた。すべて移し終わるのに、約四時間もかかった。九度の傾斜ではなんともないように思うが、実際にはひどく傾いたような気がする。通路を歩いてみると、ことにそう感じた。それが、飛行甲板にのぼってみると、今にも滑りおちそうな、そして艦が転覆しそうな気がしてならない。どうしても三十度以上は傾斜しているよう思えた。

そこで私は、艦橋から拡声器で艦内一般に、

「ただ今の傾斜は、右九度」

と伝えて置いた。九度しか傾いていないという安心感をもとに、傾斜感の養成をねらったのである。

その後、計画どおり各部の訓練や実験を終えるにつれて、傾斜にたいする感じはだいぶ変わってきた。つまり、安心感の方が先に立つようになったのである。

ちょうど訓練中に、江田島から海軍兵学校の生徒が「カッター」でやってきた。見学を申し込んできた。見れば、引率の教官は、私が少佐当時、兵学校教官をやっていた際に担当していた第十分隊伍長青木厚一だった。もう大尉で、まさに立派な教官ぶりだ。

さっそく見学は許したが、ちょうど防御の総合訓練をはじめるところだったので、飛行甲板に上げて見学をさせてやった。

居住甲板は、いたるところ閉め切ってあるので、見学どころではない。

私は艦橋にあって、全般の指揮に当たっていたが、生徒たちを見ていると、昔が懐かしく

思えてならなかった。

教え子の青木が教官だものだから、なおさらである。訓練の最中だったので、青木に御馳走はおろか、昔話をすることもできず、また彼も帰りを急いでいたので、お土産もろくにやれなかったのは、かえすがえすも残念だった。生徒たちにも、羊羹でもご馳走できたら、彼らも喜んだろうに……。

訓練実験がすんだのは、午後三時ごろだった。それからまた、元通りに水平にするのだが、とても時間がかかって、日没後になってしまった。

戦争を目の前にひかえての訓練は、真剣味がある。毎日毎日、朝暗いうちから、夜九時半ごろまでつづく。それでも、やり足りない。みなが一生懸命だから、訓練の成果はとても早い。手先信号など、みなはすっかり呑みこんでいる。

呉にはときどき入港したが、このときも呑気にしていられない。戦備に追いまくられていた。

新艦長がこられてからは、さらに徹底した戦備の充実がおこなわれることになり、木部は各公室とも食事用のテーブル、椅子のほか、木甲板まで取りはずし、ソファーもおろされた。各私室も、寝台と簞笥《たんす》の抽出《ひきだし》一コ、椅子一コのほか、洗面器は二室に一コとなり、隔壁も取りはずした。じつに殺風景なものになってしまったが、みなは愚痴をこぼさなかった。

下士官兵の方は、食事のときはケンバスをひいて座ることにして、テーブル、腰掛けはもちろん、畳も陸揚げした。これにたいして、一部に未練を残した者もあったが、私は関係者全員とともに艦内を巡視して、すべて陸揚げさせた。

短艇類も、必要最小限度にした。ただ、艦長室と艦長公室のみは除外した。これは、艦の中心となり、象徴となる人のところであるし、この二室くらい残しておいても、艦の運命を左右するようなことにもならないので、われわれ士官室士官が、除外例とすることに満場一致で可決したのであった。

ここに一つ残念至極なことがあった。呉在泊中のことだったが、軍医長が上陸したまま帰ってこない。彼はラバウルにも行っていたことだし、慰労休暇の意味もあるので、私は最初二、三日は黙っていた。しかし、主計長は毎日出勤して、せっせと事務をとっていた。

その後、数日経ってからだったと思うが、医務科の報告によると、次席者の田中軍医大尉がやっている。情況を田中君に聞いてみると、やはり軍医長は帰ってきていない。

それで、その翌日の靖国神社遥拝式には、出て来るように言って来いと、使いにやっておいたが、翌日の遥拝式にも出てこない。

戦時中のことである。私は、こんなふうでは他のみせしめにもならぬし、ラバウルの噂もあるので、一応、艦長の耳にも入れておくことにした。

ところが、艦長は「こんな不届き者は、人事局に電報を打って、臨時考課表を出し、退艦させろ」というきつい御要求だった。

私は、なるべく穏便にという趣旨で、臨時考課表をやめて、係の局員が兵学校教官当時、机を並べていた石川建造君だから、手紙で事情を言ってやることにした。

そして、代えてもらうことにし、艦長からも許しが出たので、本件は艦長も承知ということで、手紙を書いて投函させた。

軍医長は泥酔はしていたが、田中君にともなわれて、やっと帰ってきた。そして私室に入ったまま、当分は出てこなかった。私も黙っていた。私の意志は、当然通じているはずである。

「空地分離」の大論争

岩国での、飛行訓練が終了したというので、慰霊祭、会議、司令官の慰労の招宴などがおこなわれることになった。

ついでに兵学校岩国分校の生徒隊監事をやっているクラスの松木通世のところを訪問した。私のかつての教え子である。桜井、窪、市来らが教官でいて、懐かしかった。

松木が自宅に招待すると言っていたが、訓練地で、夜間上陸するのも、副長としてどうかと思ったので、私は断わることにした。

岩国の会議は、航空隊でおこなわれた。空地分離となったものの、母艦に乗り組んだ場合の指揮系統をどうするか、ということが主題だった。

航空参謀の説明があった。事務が面倒だから便乗の型式をとり、艦長の指揮をうけないというのが根本である。これは母艦艦長を無視したやり方である。

これにたいし「隼鷹」「龍鳳」の副長に意見が求められたが、意見なしであった。私は目につかなかったのか、飛ばされてしまった。

ついで、艦長に意見を求められた。「飛鷹」艦長の横井大佐は航空界の第一人者である。私はこの案にたいして、絶対に反対である。このさい、横井大佐だけには立派な意見をと期待していた。

「隼鷹」「飛鷹」両艦長とも意見なしである。横井大佐の番になった。

艦長は私のようすをみて、

「飛鷹副長、どうですか」

と私に意見を求められた。私は発言した。

「私は、ご存知のとおり陸戦科長をやってきた者であり、飛行機のことについてはよく知りませんが、陸戦からいうと、部隊と部隊の継目が指揮混淆するので、一番弱いといわれています。

一艦の全能力を発揮するうえにおいて、艦長が指揮できないところがあるのは、一番の弱点だと思います。いやしくも海軍の基幹をなす航空母艦において、かかることがあるのでは、決戦場裡にかならず重大なる弱点を暴露し、取りかえしがつかぬことになる恐れがあります。したがって、少なくとも決戦に出る場合は、艦長の指揮下にいれることが、絶対に必要だと思います」

私の意見にたいし、方々でささやくような話はするが、面と向かって反論をこころみる者はいない。だからといって、断然賛成という者もいない。

司令官、艦長のあいだにも、雑談的に話はかわされていたが、航空参謀も「サア、どうしたらいいだろう」といったあんばいで、ついに結論には達せず、うやむやのうちに、さらに研究ということになった。

空母「飛鷹」── 艦長は横井俊之大佐、著者は副長であった

私が少尉で「鳳翔」にいたとき、飛行科と他の各科とは同等で対立していた。大尉の晩年の「鳳翔」では、飛行科は断然に他をぬいて君臨し、他科は沈黙してこれに屈伏しているありさまだった。しかし、それでも艦長は飛行科の上にあった。

ところが、今度「飛鷹」にきてみると、世はまさに飛行機万能となり、飛行科にあらずんば人にあらずとまではいわないものの、艦長まで飛行科に遠慮しているように感じられる情況だった。

この会議の場合、航空隊司令は前の先任参謀であり、幕僚はクラスの寺崎をのぞき、すべてその下にあった人たちだ。寺崎もまた着任早々であり、飛行機も無経験であった。結局、いいうる人は、横井「飛鷹」艦長だけとなる。

横井大佐は飛行科出身であるが、どの艦長も飛行機の知識豊富で、ただちに指揮できるとは思っていないはずだ。逆に、横井大佐にしてみれば、指揮系統はどうであれ、「飛鷹」には中西少佐が飛行長としてくることになれば、温厚俊秀で、よく物のわかった人物であるから、問題はないのである。

言うにはいったが、私としても後味があまりさっぱりしたものではなかった。

艦は呉にもどった。前線進出も間近となり、みなは最後の別れの気持ちで上陸し、戦備も最後の段階に移っていた。

ところが、軍医長だけは特別だ。前回で謹慎するかと思うと、そうではない。副長に断わりもしないで、上陸したまま流している。とうとう三日目に、また田中君をわずらわした。

彼は、二河公園の某料亭で泥酔しているということだったが、帰ってくるということなので、私は待っていた。しかし、二時間たっても、帰ってこない。そのうちに、「隼鷹」から午後一時出港の信号が来た。

そこで、さらに田中君は迎えに行った。しかし、なかなか帰ってこない。一分隊長内山大尉も心配して、私のところに、迎えに行って来ましょうかと言ってきた。

私もだいぶ考えたが、ついに彼をも迎えにやり、とにかく引きずってこいと言ってやった。このとき、軍医長は転任を命ぜられ、新軍医長が発令された電報を受け取った。これも伝えさせることにした。

出港三十分前になって、迎えの内火艇は、ようやく帰ってきた。

田中君と内山君は、私のところに、「ただいま帰りました」と報告にきた。

私は士官室にいたが、軍医長は平気な顔をして、士官室に入ってきた。私に向かって、

「ヤア副長、とうとう変わりました」

と、哄笑しながら言った。

私は、怒りがこみ上げてきたが、いやしくも佐官の科長である。殴るわけにもゆくまい。虫をできるだけ殺して、

「それよりも、大概どころで帰ってこいよ。どれだけ心配させるんだ」

と一喝した。彼もじっとして、いかにも具合が悪そうに煙草を出して喫《の》んでいたが、そのまま私室に帰ってしまった。

まもなく、私たちも出港で各自の配置につくため、出て行った。

呉を出港した艦は、岩国沖で人員物件を積んだ。そして、佐伯湾で待機することになった。航空隊員が乗艦してくると、すぐに艦長は総員集合のうえ、訓示をされた。その前に艦長は、士官室で、

「今度、飛行機のやつらが乗ってきたら、いばって無茶なことばかりやるだろうな。われわれが若いときも、今から考えると無茶なことばかりやってきた……。今度は、ウンとしめてやらねば」

とよくいっていた。ところが、訓示を聞いておどろいた。

「飛行機は、本艦の主力兵器である。飛行科員にたいして少しでも不都合なことがあったら、艦長が承知しない」

私は、すっかり耳を疑った。これは大変なことである。火に油をそそぐようなものだ。士官一同の顔をみると、みな意外な顔をしている。これはとんでもないことになった。

艦長の訓示が終わったあとで、副長が訓示をするのもヘンである。しかし、この場合、ひとつクギをさしておかねばなるまいと考え、艦長のあとに訓示台にのぼった。

「ただ今、艦長がいわれたことに誤解があってはならぬから、私からひとこと補足しておく。本艦の主力兵器が飛行機であることは、だれにも異存ないところである。いわば、飛行機は本艦の選手である。この選手をして、思うぞんぶん腕をふるわすためには、艦員一同、選手を大切にして、あとは心配するな、俺たちがなにもかもやるからと、出ていくときから帰ってくるまで、なにからなにまでやってやる気持ちで、親切にしなくてはならぬ。

しかし、それだからといって、俺は選手だからなにもやらぬ、お前たちなんでもやれと威《い》張《ば》りかえられては、だれでも嫌になるだろう。そうか、本当にすまないという感謝の気持ちを充分にあらわしてこそ、たがいにうまくいくのである。

搭乗員に対してばかりではない。整備員にしてもそうだ。搭乗員対整備員、整備員対本艦乗員にしても、まったく同じだ。

ことに整備員の若い人たちは、大部分が補充兵である。また、その三分の二以上が、軍艦に乗るのは初めてである。さらに三分の一は、軍艦を見るのさえ初めてだ。それが、こんな大きな軍艦に乗ってきて、西も東もわかるわけがない。

お前たちが、新兵で海兵団に入ったときを思ってみろ。西も東もわからないで、一生懸命にやろうと思っても、ずいぶんと困ったであろう。心細かったであろう。そのときに、下士官や一等兵あたりに、親切に教えてもらったりしたときに、どんなふうに感じたか。本当に地獄で仏に会ったような気がしたはずだ。

そのときを思って、整備兵には手を取り、足を取って、親切にしてやれ。しかし、整備兵は甘えてはいけない。その親切に感謝して、さらに一生懸命にやらねばならぬ。そこで初めて、一艦融和し、戦闘力は十分に発揮されるはずである。

いいか、要は親切と感謝だ。終わり、解散」

佐伯湾にはいると、冬服一着、防暑服何着、シャツ何着と、最小限度の衣服物品のほかは、すべて小包にして郵送した。船に残しておくものは、これも行李にいれて艦底倉庫に格納した。これで、決戦場にはいつ出てもよいようになった。新軍医長も着任した。

旧軍医長は、私室に入ったまま、食事にも顔を出さない。従兵に聞いてみると、食事もとらず、夜通し酒を飲んでいるという。

私は、夜十一時以後は、呼んでも行かなくて良いと言っておいた。従兵も、やり切れたものではない。

新軍医長は、私に相談にきたが、A君の退艦を急がせることにした。

彼もやっと承知した。そして翌日、私に挨拶に来た。私は何だか、彼が可哀そうでならなかった。できることなら、こんなことにしたくなかった。しかし、あのような行為、行動は、軍紀上やむを得なかった。

いよいよ、舷門を出るとき、私たちは彼を送った。そしてそのとき、彼のカラーがうまくついていないので、みっともないから、私は、近くに寄って、それを直してやったのを、今でも鮮やかに覚えている。

第二航空戦隊、南へ

二航戦の旗艦は「飛鷹」であろうと、私は思っていた。その理由は、こうである。
一、艦長も実質上、幕僚の一人である。横井艦長は、航空界における第一人者であり、この人を利用しない法はない。
二、艦の整備も一番よくでき、訓練もよくできているのは、自惚《うぬぼ》れでなく、定評である。もちろん「龍鳳」も相当に訓練されていようが、小型空母である。
三、昔より、司令部は厄介者扱いされる。同乗することにより居住は苦しくなり、司令部の用事が過負荷となる。その点は、私が先任参謀をやってきたし、士官室がいい人ばかりで和合している。前回の旗艦勤務で、幕僚も「居心地待遇満点」といっており、司令官は、従兵のよいことを喜んでいた。
ところが、案に相違して、旗艦には「隼鷹」が選ばれた。その理由は、「隼鷹」が長いあいだ修理をうけていたため、訓練も整備も十分でなく、このまま戦場に出たのでは、司令官も心配なので、旗艦にして直接指揮する必要があったからだという。

出撃間近だったと思うが、それまでの候補生は二期候補生となり、あらたに一期候補生が乗ってきた。二期候補生は兄貴株となり、また、少尉任官がせまっていて、みなホクホクしていた。

艦長は、候補生たちを「坊や」と愛称され、とくに二期候補生を可愛がっていた。あるとき私に、

「副長、僕は二期候補生がかわいくて仕方がない。きゃつらが過《あやま》ちをやっても、どうしても叱る気になれず、かえってかわいくなるんだ」

といわれたことがある。

これは接する期間もちがうし、二期候補生の方が艦務になれ、活気にあふれていた。そして、二期候補生は、不思議におのおの傑出した特徴をもっていた。

航海士（長沢）は数理的な頭が発達し、甲板士官（宮林）は体力旺盛で統率にすぐれ、砲術士（斎藤）は父親の砲術学校体育科教官の遺伝をうけたのか、体操の指導はじつに堂にいったもの、また通信士は読書力にすぐれ、事務に堪能で、艦長の訓示を三つの標語にしたあたり、一同舌をまいたものだった。

通信長もその時分にかわって、後任には「隼鷹」通信長の木戸大尉がきた。

五月上旬、わが第二航空戦隊ははじめて三艦そろって南方に進出することになった。同行する「武蔵」はじめ、護衛の駆逐艦も佐伯湾に集合した。

旗艦「隼鷹」で回航の打ち合わせもすんで、護衛駆逐艦を先行させて、豊後水道南口の敵潜制圧をさせながら「武蔵」と二航戦は出撃していった。はじめて見る高速航行の戦艦「武

蔵」の威容は、素晴らしいばかりであった。

回航部隊は九州の東岸を一路南下し、途中、沖縄の中城湾《なかぐすく》で駆逐艦に燃料の補給をおこない、同湾を日没後の暗くなってから出た。台湾東方海面に針路を向けるころ、海上は靄でもあるのか、僚艦がまったく見えない。変針は、勘でやるよりほかに仕方がない。

そのうち、突如として前方の「武蔵」から、「赤、赤」の緊急信号がだされた。本艦もただちに取り舵一杯をとって、総員を配置につけ、防御隔壁を閉めた。拡声器で緊急ブザーを鳴らし、「配置につけ」のラッパを吹くばかりだった。

見張員はサッと緊張し、敵潜はどこかと眼鏡でさがすが、真っ暗でなんともならない。水中測的員も、聴音機探信儀で懸命にさがす。そのうち、右舷遠くの方で爆雷の炸裂する音が、かすかに聞こえてきた。
二、三十分して、また元の針路にもどり、一路南方へ向かう。
翌日から、できるだけ飛行訓練をやる計画だった。しかし、タウイタウイ集合の期日もあり、燃料も少ないので、そう道草を食っているわけにもいかない。

風が逆風であってくれれば問題ないのだが、あいにくと北風の順風である。ほんの三機か、せいぜい六機くらいの着艦訓練しかできない。それも、対潜警戒の飛行機が発着するときを利用するので、一日に二回か三回である。

飛行長や飛行隊長あたりは、訓練をしたくてウズウズしていた。

だいたい私は、当直に立たなくてもよいのだが、哨戒長と当直将校と二人いないと、どうしても不充分だ。そうすると、哨戒長が一人不足する。そこで私も進んで哨戒に立つようにした。

艦長が飛行機出身で艦の経験が少ないので、私がなにかと補佐をした方がよいと思い、航海中はできるだけ艦橋にいることにした。今回の航海では、だいぶ訓練の成果もあがり、みなの気分が一致して、なにをやっても、すべてがテキパキと気持ちよくすすんで気分がよかった。

こうして、無事にフィリピン西南端、ボルネオにちかいタウイタウイ泊地に着くことができた。

タウイタウイの大艦隊

タウイタウイには、機動艦隊が威風堂々と停泊していた。

「おお、いるいる。帝国海軍はおとろえたりといえども、まだこれだけいると思うと、心強いなあ」

と艦長は感想をのべられた。私もまったく同感だった。

「大和」「武蔵」をはじめ、「長門」「伊勢」「日向」「扶桑」「山城」、それに「金剛」「榛名」の各戦艦がいた。「大和」「武蔵」はじつに大きい。これにくらべれば「長門」は、まるで軽巡である。

開戦前、英米にくらべて帝国海軍劣勢なりといえども、「大和」「武蔵」級の戦艦さえあれば、鎧袖《がいしゅう》一触といわれたのも当然のように思えた。

航空母艦も「瑞鶴」をはじめ、新鋭「大鳳」、それに中型ではあるが「隼鷹」「飛鷹」の大艦があり、これに小型の「龍鳳」「千代田」「千歳」が、その他にも一万トン級、八千五百トン級重巡をはじめ軽巡、駆逐艦など無数といえるほどである。

このように、連合艦隊の決戦兵力が同一の泊地に集まることは、じつにしばらくぶりのことであった。これらの船が決戦を前に、毎日毎晩、ひたすらに訓練に専念している。

われわれ大艦のものは、冷蔵庫あり、製氷機あり、ラムネ製造機も備えられ、さらに入浴もできる。しかし、駆逐艦は、この熱帯で何一つ設備がないので、母艦任務を担当しているわれわれとしては、何とかしてやらねばならない。

私は、永年水雷戦隊にいたし、「菊月」にいたとき、「扶桑」がその母艦担当で、副長岩越中佐（海兵三十八期）に大変親切にしてもらって、嬉しかった経験があるので、まずラムネを冷やして分けてやり、氷も分けてやることにした。

これも駆逐艦の内火艇でいちいち往復したのではやれきりないので、「飛鷹」から、午前と午後、各二回出して、その際に配達し、これに入浴者は便乗することにしてやった。彼らはじつに喜んだ。

こんなことをすると、よくその艦の士官は、副長に反対しがちであるにもかかわらず、「飛鷹」の士官たちはみんな、かえって副長に応援してくれた。私は、もちろん嬉しかったが、こんなふうにみんな、人柄がよかったのだと思う。そのお陰で、艦の空気はきわめてよく、何をやっても、一糸乱れず順調に円滑にいったと思っている。

熱帯地では、暑さのために能率はさがり、体も弱る。そのため、原住民でさえ、昼食後は三十分から一時間の午睡をとる。艦隊から出た日課も、これにならって、朝食後は掃除をあとまわしにして、まず訓練をおこない、昼食後は休憩を長くして、午後二時半ごろから訓練、作業と定められている。

タウイタウイ泊地の第１機動艦隊。手前は旗艦の空母「大鳳」

ところが、午後の訓練は暑くて、能率も成績もあがらないので、整備などでブラブラと過ごしてしまう。タウイタウイに着くころの昼食時に、艦内でこの話が出た。なんとか打開策はないものだろうかと、みなで話しあった。

私は、体育の必要性と、遊戯によって童心にかえり気分を転換することを、昔聞いた陸軍の新兵教育の一例をひいて話した。これには砲術長の田中兼光少佐が、大賛成をしめした。彼はいろいろと研究をしてきた人である。

この話に、私たちの近くにいた航海長の竹下少佐、内務長の渡部少佐なども賛同したので、私は砲術長に案をつくることをすすめた。

食後、さっそく砲術長は、日課の案をつくってもってきた。私は艦長の許可を得て、謄写配布し、その一通を二航戦司令部に送付した。

「飛鷹」では、その日からすぐに実施した。午後二時半、総員が飛行甲板で十分間の体操を分隊ごとに分かれてやり、つづいて遊戯となる。約一時間、馬跳びや平均破り、鬼ゴッコなどで、いい年輩の人たちが童心にかえって、抱腹絶倒しつつ喜んでやっている。なかには、大尉の分隊長や少佐の分隊長もまじっていた。上下が一体となり、すっかりうちとけあって、艦橋から見ていても嬉しくなってしまう。

遊戯で童心にもどったところで、ふたたび終末運動として体操をやり、訓練に移った。太陽はまだカンカン照りだが、遊戯のあとは、なんだか涼しくなったような気持ちがして、能率はグングンあがった。

そして、夕食をすませ、しばらく涼しい風にあたり、日没前からふたたび九時ごろまで訓練をつづけた。

日出没前後は、いつも一番警戒を要するときなので、戦地では総員で配置につき、そのまま訓練に移るならわしであった。

この日課は、みなにとても喜ばれた。日がたつにつれて、さらに喜ばれていった。すべて砲術長のお陰である。

そんな中、防御の第二期作業はさらに進められた。じつに徹底的におこなわれ、一人として違反する者も、不平をいう者もなかった。

これに反して、「隼鷹」ではむずかしいようだという噂が聞こえてきた。防御の総指揮官は副長であるが、その幕僚は内務長である。

「隼鷹」の内務長は、「飛鷹」に負けまいと一生懸命にやったが、あまりやりすぎると士官室でも不平が出ていた。ついには飛行隊長の石見少佐と、士官室で取っ組みあいまでやったという。そこには人の関係もあったろうし、やり方もあった。

「隼鷹」は、世界一周航路の豪華客船として、ほぼ完成していたものを空母に改装したので、木部がとても多かった。その点「飛鷹」は、下甲板のときに改装したので、ほとんど軍艦に近かった。

しかも、前々の運用長の時代から「飛鷹」は、丹念に塗具をはがすなどして、防御の方はかなりとすすんでいたので、「隼鷹」内務長が躍起《やっき》となり、無理もしなくてはならなかった。

その内務長があるとき、私のところまで、「どんなふうにしたものでしょうか」と相談にきた。

私の答えは、簡単であった。

「どうもこうもない。必要の前には、私事ではないのだから、ドシドシ実行したらいいと思う。ただ、事前にその理由をいって、了解を得ておく方がいいだろうな。気兼ねしてやると、かえって角がたつものだ。遠慮せずにやったらどうです」

その後は、別に具合の悪い話は聞かないし、臨戦準備もすすんでいるようであった。

二航戦内で、輪番に委員を送って、その委員の計画によって指導する、防御の綜合訓練をやることになった。「飛鷹」には「隼鷹」から委員がきた。首席委員は副長である。

訓練は開始された。

想定で、すぐに艦長は戦死を宣告されて、副長が艦長代理をやることになった。そして、つぎつぎと故障の想定があったまではよかったのだが、副長の手はもがれ、足はもがれ、ついには、士官も兵隊もすべて死んでしまって、副長ただ一人になる。

私は怒りだしてしまった。こんな、人の手足をもいで、むやみに引きずりまわすような想定があるか、人を馬鹿にしている。

「隼鷹」内務長の桜庭久右衛門君も、これにはしまったと思ったらしい。副長の花園雄次君（海兵五十一期）も、それまでは艦橋にいて悠然としていたが、あわてて私のところにやってきて、下士官の戦死想定を元にもどし、すぐに止めた。

私はあまりのことに、しばらくはプンプンしていたが、あとでは馬鹿らしくなって吹きだしてしまった。

「飛鷹」からは「龍鳳」へ指導にいったが、あんな馬鹿なことはやるまいと相談をしていたので、別に問題は起こらなかった。こんなことも、今は思い出として別に悪い印象もなく残っている。

「隼鷹」の応急訓練を見学にいったが、整備も訓練も桜庭君が熱心なだけに、ずいぶん進んでいるのに驚かされた。

小沢長官と大前参謀

タウイタウイにおいて、機動艦隊は六時間待機を連合艦隊司令長官から命ぜられていた。当時の情勢は、敵は次第に盛り返してきており、わが方は消耗戦となり、衰退する一方であった。敵は、工業力と無限の資材にモノをいわせて、量を増すばかりである。はなやかなりしラバウル作戦も今は夢となり、ついに敵は南洋諸島にまでやってきた。

われわれがタウイタウイで待機しているころ、敵機動艦隊はサイパン攻略に出ようとしていた。

わが機動艦隊においては、サイパン攻略にきた敵をいかにして撃滅し、この頽勢を挽回するかを研究し、作戦を練っていた。

機動艦隊の先任参謀は、われわれ五十期の大前敏一大佐であった。海軍兵学校卒業のときは、二番の恩賜の短剣組である。

しかし、彼には私心が勝りすぎている。私はおなじクラスの寺崎隆治と二人で、よく噂しあったものだが、「彼のように、私心の勝った者には、よい作戦はできない」という結論に終わった。

その彼が作戦参謀である。計画はできあがり、旗艦「大鳳」で研究会がひらかれた。説明は大前参謀がおこなった。

作戦内容は、ひとことにしていえば、次のとおりである。

第二艦隊司令長官のひきいる遊撃隊の戦艦「大和」「武蔵」を基幹とした大部隊が先頭に立って索敵し、第一航空戦隊、第二航空戦隊とも小型空母を先頭に、約五十海里ずつさがって中型、大型空母を配置し、航空攻撃をくわえる。しかも、飛行機の航続距離以上のところから発進するのであるから、攻撃後の帰艦はできず、陸上基地に向かう計画である。

あえて悪口をいえば、ヘッピリ腰で藪をつっつくのに似ている。もちろん理論的に理由は充分にたつが、食うか食われるかの決戦場では、敵と刺しちがえるくらいの覚悟でなくては、成功はおぼつかない。

しかも、一航戦、二航戦とも旗艦を最後にして、後方から「しっかりやれ、しっかりやれ」の作戦では、わが帝国海軍伝統の旗艦先頭の運動一旒(旗艦の行くとおりについてこいの意)戦法に反し、戦闘意識にかけることもおびただしく、不可である。

一航戦旗艦の「大鳳」は、飛行甲板を装甲した新鋭艦である。たいがいの爆弾ならばはねかえすという。この鉄カブトをかぶった新鋭艦で突っこまなくては駄目だと、「飛鷹」士官室でわれわれは意気まいたものだった。

艦長の横井大佐が士官室にこられたときも、私と中西飛行長で艦長に話をした。艦長も、まったくの同意見だった。

そこで私は、この乾坤一擲の大作戦だから、艦長の意見をそのまま具申してくださいと、強く懇願した。しかし艦長は、

「二航戦司令部だったら、僕も意見の具申を大いにやるが、機動艦隊司令部では筋道がちが

うから、できぬものなあ」

と断わられた。

しかし、この作戦は重要な作戦である。私と中西飛行長は再三再四、艦長に意見具申をせまった。艦長もその熱意にほだされたのか、腰をあげて、とにかく旗艦「大鳳」にいかれた。

行動中の飛鷹型空母の航海艦橋——戦艦などと比べると狭い

私たち一同は、首尾は如何《いかん》と待つのだった。

夕刻近くになって、艦長は帰ってこられた。その話はこうであった。

艦長はまず兵棋演習室にいって、参謀長の古村啓蔵少将と雑談をしながら、機会を待った。そのうちに、司令長官の小沢治三郎中将（海兵三十七期）がやってきて、

「飛鷹艦長、ちょっと」

と呼んで、長官室にいかれた。艦長もついて、長官室に入った。話はまもなく作戦の問題になった。

艦長は「大鳳」の飛行甲板の装甲と、これを鉄カブトにして、旗艦を先頭に敵に近迫攻撃をくわえるべきことを単刀直入にいわれた。長官もこれを聞いて、了

解された。

しかし、小沢長官は「今度は、俺にも考えもあることだし、このままやらせてくれ」といったそうである。これには、われわれも黙するほかなかった。

このほかにも、飛行機の訓練と、自差修正の問題があった。

飛行機は、一会戦すると消耗率がとても大きい。それは珊瑚海海戦、南太平洋海戦などで、早くから経験ずみである。

タウイタウイにきている母艦機も、それまでの航空戦で消耗したものを、再編成と急速訓練で、やっと練度をあげてきたところである。訓練をつづけていないと、日時がたつにつれて、急速に練度が落ちることは目に見えていた。

ところが、待機は長びき、六時間待機は解けないため、艦の中で無為にすごすだけである。これではいざ出撃という場合、戦争ができるかと、心ある者は心配であった。

そこで、艦長にも意見具申してもらうよう、たびたび進言した。飛行科の人たちは、二航戦司令部に毎日、矢の催促にいった。二航戦司令部でも、参謀がたびたび艦隊司令部にいくのだが、六時間待機でしばられているからと、陸上飛行場に移っての訓練は許されなかった。機動艦隊司令部も連合艦隊司令部に、たびたび電報で懇願したが、いっこうにお許しが出なかったということである。

そのため、タウイタウイで出動訓練がときどきおこなわれたが、これには燃料の問題もあり、「千代田」が敵潜水艦の魚雷攻撃を受けるなど（命中はしなかった）で、そうたびたびはできなかった。

われわれの熱心な催促に動かされたのか、あるいは、停泊が長きにわたったため、敵潜水艦にタウイタウイ基地を察知されるおそれからか、機動艦隊はフィリピン中部のギマラス海峡（ネグロス島とパナイ島とのあいだの海峡）に移ることになった。

飛行機は、ネグロス島西北岸中部のバコロド基地で、自差修正と訓練をやることで一応、落ちついた。タウイタウイ基地の在泊一ヵ月、いろいろ気をもんだことではある。

なお在泊中のある日、昼ごろ、飛行長、飛行隊長が帰ってくるやいなや、「大鳳」から帰る途中、内火艇の中で、参謀が敵四発重爆を見たということだった。

サア大変だ。もしそういうことになると、当時、敵はすでにニューギニア北岸を席捲して、ハルマヘラ北部までやって来ている。タウイタウイは、敵四発の攻撃圏内に入りうる。艦隊は、一刻も早く何とかしなければならない。それも、すでに時間の問題である。一刻の猶予も許されない。

当時、各艦とも、見張りを配して、警戒をしていた。さっそく艦橋で見張員にも、信号員にも、いちいち当たってみた。しかし、見た者はいなかった。そのうちに、一人の信号員が、同時刻に水上機が一機、確かに上空を飛びましたという。

なるほど、よく考えてみると、水上機のフロートは、遠くから見ると、角度次第では発動機に見え、単発の水上機が、四発に見えることがあるのである。

そこで、急いで「隼鷹」「大鳳」に信号したことだった。もちろん、何事も起こらなかった。

機動艦隊出撃す

昭和十九年六月十三日、機動艦隊は大挙してタウイタウイ泊地を出て、ギマラス海峡に向かった。大切な航海中を無為に過ごさないのが、帝国海軍の平時のならわしである。全艦こぞって訓練に精進していた。

ちょうど九時ごろだった。ミンダナオ島西方海面を北上中、

「機動艦隊はただちに出撃、サイパン島付近に出現せる敵機動艦隊を撃滅すべし」

という命令に接した。これで自差修正もできなくなってしまった。自差修正は、艦内では磁気があるので、陸上の磁気の影響のないところでないと、完全にはできない。

機動艦隊は、この命令でがぜん色めきたった。この一戦で、雌雄を決するのである。一路ギマラス海峡に向かい、仮泊したのは日没すぎだった。

夜を徹して各艦とも燃料を満載し、決戦に必要のない内火艇、カッター類をギマラスの第三十六警備隊にあずけた。

その晩、私は巡検がすんだのち、私室でクラスの先任参謀寺崎隆治からせしめたカニ缶の残り一コを肴《さかな》に、ビールを飲んでいた。一脚の椅子に腰をかけ、ベッドをテーブルにしていた。

そこに、扉の隔壁（扉は陸揚げしてしまった）をノックする者がいる。返事をすると、攻

撃機隊の朝枝大尉である。彼も、私が海軍兵学校教官当時の教え子である。彼は、今夜最後のなごりに、搭乗員一同に一杯飲ませてくれと、許しを乞いにきたのだった。

私としては、早朝、決戦のために出撃するのだから、今夜は充分に睡眠をとらせたいところだが、搭乗員は決戦場に着くまで暇であり、決戦場では生命を捨てる覚悟である。

「何時ごろまでか」

とたずねると、大尉は、

「なるべく長くお願いいたします」

「しかし、飲む以上は騒ぎたくもなるだろう。あまり静かにしては、飲む甲斐もあるまい。どうだ、明早朝の出撃で、みなも充分に寝かせてやらねばならぬのだから、十二時までいいだろう」

「ハッ、結構であります」

というと、彼は喜んで帰っていった。しばらくして、今度は内山大尉と朝枝大尉の二人が、

「副長」といって、ノックなしで入ってきた。見ると、からのビール壜とからの缶詰を両手に持っている。

「副長、酒がなくなりました。飲ませてください」

私は、やったなと思った。さっそく呼び鈴を鳴らして従兵を呼び、ビールとマス缶、椅子二脚をもってくるよういいつけた。

まもなく、香取大尉、伊藤大尉（ともに飛行科搭乗員）、三浦大尉、整備科の人たちなど飛

行長をのぞく飛行科士官のほとんど九名がやってきた。そして、午前三時までの大酒宴となった。

かれらは決死である。また、私の教え子たちでもあった。ことに朝枝は、生徒の当時からよく顔を覚えており、三浦は、私が兵学校教官から「三隈」に転任するとき、約一週間にわたって分隊監事をしたことがある。伊藤は、昭和十四年採用試験で福島県郡山にいったときの受験生である。生別かと思うと、なごりつきぬものがあった。

ようやく眠気をもよおし、酒もなくなったので、かれらは帰っていった。私も寝る前に便所にいくと、飛行長に出会った。彼もなかなか寝つかれぬらしかった。

翌十五日は午前五時出港である。私は、その三十分前に艦橋にのぼった。艦長はじめ、要員はすべてそろっていた。

「副長、今日は出港のとき、艦をもっていってください」

と艦長がいわれた。

私は、昨夜の宴で睡眠はいちじるしく不足し、まだ酔眼朦朧《もうろう》としている。

「昨夜はひどいストームを喰いまして、午前三時までつづきました。残気はいっぱいだし、はなはだ申しわけありませんが、艦長、ひとつお願いいたします」

と私は謝った。

みなはワァーという顔をして、おかしそうに私の顔を見ていた。

遊撃部隊は、つぎつぎに錨をあげて出港していき、北東方に蜒々長蛇の列をなしている。

航空戦隊も、第一航空戦隊、第二航空戦隊の順にと出ていった。気のせいか、なんとなくみな、眦《まなじり》を決しているように思われた。

ギマラス海峡をすぎて、ルソン島とサマール島とのあいだのサンベルナルジノ海峡に入ったころ、飛行機が二機、低空で隊列の近くを逆行、帽子を振っていった。われわれも、これに応じて帽子を振った。

やってくるぞ、という決意が、体の中に走った。かれらは海峡東口の対潜警戒を、われわれのために今までやっていたのであろう。

空母「隼鷹」を先頭にギマラス泊地に向かう２航戦――中央が「飛鷹」

難所のサンベルナルジノ海峡を出たところで、旗艦の「大鳳」から、「第一警戒航行序列につけ」の信号があった。各艦は占位運動をはじめた。

こんなときが、もっとも潜水艦にねらわれ、思わぬ危険に遭遇するものである。われわれは警戒をいっそう厳重にした。機動艦隊は無線電波の輻射もいっさいおこなわず、粛々と東進する。

第一夜がきた。厳重な灯火管制がおこなわれる。しかし、その中で旗艦「大鳳」だけが、一キロ信号灯でしきりに信号をおくっている。これでは、厳重な灯火管制がなにもならない。もちろん敵潜は、発達した電波探信儀をもっているはずだ。しかし、わざわざ遠くから見える一キロ信号灯まで出して、敵の追躡《ついじょう》を楽にしてやる必要はまったくない。信号は必要であろうが、そこは先を見越して、必要なことは日没前に、あらかじめ手旗信号ですませておくべきである。

優秀ではあるが、赤煉瓦ばかりにいた大前敏一大佐は、艦隊勤務になれないのでしょうがないと、むしろ憤懣を禁じえなかった。

しかし、さいわいに第一夜は明けた。第二日午後、隊列のずっと後方で、爆雷攻撃らしい音とともに、わが対潜警戒機が急行するのを認めた。やはり敵潜水艦は追躡しているらしい。われわれの秘匿行動は、すべて敵につつぬけだ。敵の罠にかかること必至である。

わが方も敵潜水艦を制圧して、行動を秘匿し、韜晦《とうかい》する策を講ずることになった。これが上手《うま》くゆけばよいが……。

第二夜もすぎ、第三夜もすぎた。

第三日の昼間ごろ、旗艦「大鳳」から飛行機一機を南洋群島まで飛ばして、陸上電信所から電報を打たせている。いよいよあくる第四日、六月十九日は決戦日だ。すなわち、今夜は決戦前夜である。

追躡しているかも知れぬ敵潜水艦をくらますため、日没前は北よりの偽航路をとり、暮れるとともに南にくだって、決戦の態勢をとった。

危機一髪の夜間回頭

私は巡検をすませて、哨戒長の交代にはまだ早すぎると思ったが、内務長を休ませてやろうと、四十五分早く艦橋にのぼっていった。あたりは、真の闇夜である。目も慣れないので、なにもわからない。

艦橋には、航海長と、哨戒長たる内務長、それに当直将校の一分隊長のほか、信号関係員だけだった。

「内務長、かわろう、休みなさい」

といって、近寄った。ところが、内務長も、航海長も、

「どうも、おかしいです」

と情況を説明する。当時の隊形は図のようなもののはずであった。

ところが、日没前にわが北方に占位していた一航戦は、第二航空戦隊の南方に占位することになった。その一航戦が、二航戦と交錯する針路を、高速でもって突っ込んできたのだ。

一航戦は、機動艦隊長官の直属である。わが二航戦は、これに道をゆずらなければならない。そのため、旗艦「隼鷹」から一斉回頭運動の発光信号があった。

この信号光は直接に見えたが、ときどきは「長門」の蔭になって読みとれないことがあった。そのため、「長門」が中継することになっていた。

私が艦橋にあがる直前、その信号があった。「隼鷹」の信号は、直接には一部見えないところがあるので、「長門」を注意していると、どうも両者の信号には違いがあるようであった。

「隼鷹」の信号は、斉動が下について左回りをしているが、「長門」のものは上で右回りである。これでは、まったく正反対となり、危なくてしようがない。

航海長が「長門」に、さっそく問い合わせた。ところが、その返事がこないうちに、「隼鷹」から発動符が発せられ、二航戦は回頭運動を開始してしまった。

しかたがないので、「長門」がどちらに回るかよく見るよう、見張員に命じた。

まもなく、見張員から「長門は右に回ります」という報告がきた。これをうけて航海長は、右に回るように当直将校に指示した。それは、私が艦橋にあがってすぐのことだった。

しかし、これはどう考えてもおかしい。左に回れば、わずか三十度の変針ですむのを、わざわざ右に三百三十度も回ることになる。とはいえ、近くの「長門」が右に回るのであれば、危険防止上、やむを得まいと私は思った。

おかしなこともあるものだなあと、みなでいっている瞬間だった。掌信号長が、

「右から長門が近づきます」

と、私のすぐ右後方から大声で報告する。まだ目が暗闇に慣れていないので、私にはまったく見えない。

「どこだ、どこだ」といっているうちに、新しい報告がきた。

「右正横です。どんどん近づきます」

もう一刻も待てない。私はいても立ってもおれず、

「航海灯だせ、舵もどせ、直針、全速」

と命じた。衝突は必至だろう。

残念きわまりない。明日の決戦をひかえ、わが海軍勢力の五分の一の艦上機を搭載する「飛鷹」を駄目にしては、切腹しても申しわけがたたない。焦りと悔恨は、電光のように頭の中をかけめぐった。

そして、たとえ衝突しても沈没だけは避けたいと思い、「ラッパ、配置につけ、いそげ」とどなった。ラッパで「配置につけ」が鳴ったときは緊急時、と約束をしてあったからだ。防水扉、防水蓋はすべて緊縮せられて、区画防御は瞬時にできあがる。その間、わずか二秒ほどである。

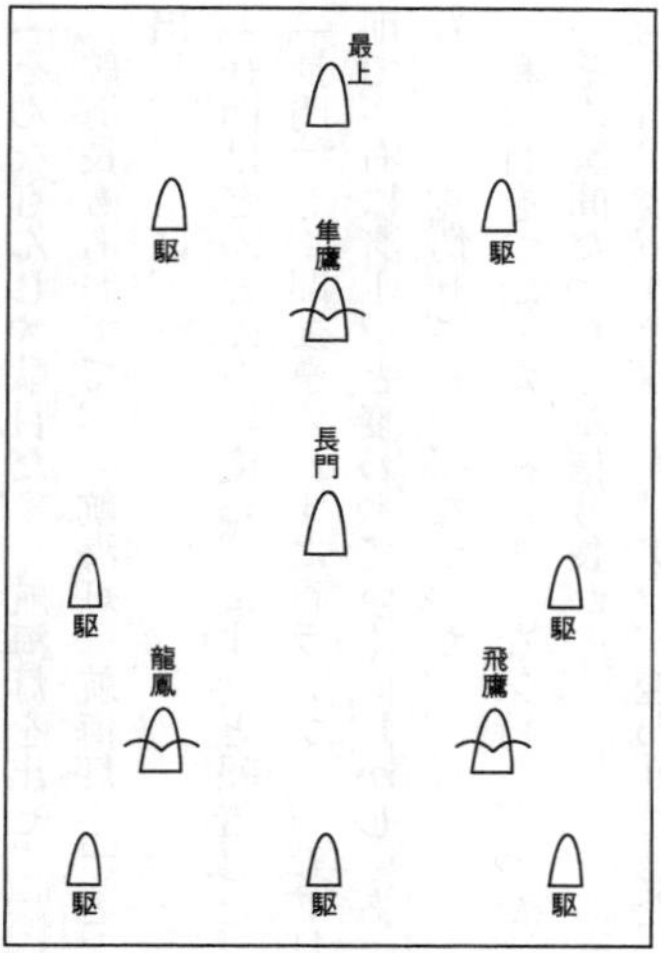

このわずか数秒後、まだラッパが鳴りはじめたころ、掌信号長は、
「潜水艦が危ないから、懐中電灯を出します」
という。私はがなりたてる思いで叫んだ。

「そんなもんじゃ駄目だ！　航海灯を出せ！」

航海長もあわてて、「航海灯、航海灯！」とどなったため、掌信号長はいそいで航海灯を出し、すぐに、

「長門はどんどん右に変わります」と報告した。

「長門」も、間髪をいれずに青ランプ（右舷舷灯）を出した。山のような艦影は、すぐ目の前で、右にグーッと変わっていく。しかし、あまりにも近い。私は機械室あたりに衝突するものと、覚悟せざるを得なかった。

私は目をつぶった。祈るような気持ちだった。そして、悲壮な決心をかためた。

その瞬間だった。掌信号長が、

「長門、変わりそうです。アッ、変わりました」

と叫んだ。私は耳を疑った。ああ助かったのだ。それでも、艦尾の出っ張りくらいは接触したにちがいないとも思った。

両艦とも世界の大艦である。すこしばかり接触してひん曲げても、感じはしないだろう。艦の運命が助かったことを感謝しつつも興奮はおさまらず、まだ本当とは思えなかった。私は、長い息を吸いこむと、周囲を見まわした。

当直将校は、三分隊長の宇田大尉に代わっていた。私は、さきほどの申し継ぎをはっきり聞こうと思ったが、すでに航海長も、内務長も、一分隊長も艦橋にいなかった。私は、急に気が抜けたようなさびしさを感じた。

僚艦はどこにいったか、さっぱりわからない。当分は、現在の針路をすすむよりほかにない。そのうちに、艦橋上方の見張所から、

「左前方、龍鳳、右に横切ります」

ギマラス泊地の機動艦隊。左より飛鷹型空母、長門、翔鶴型空母

と報告してきた。いつのまにか月が出たと見えて、すこし靄があってかすんでいるが、視界はひらけてきた。そして、左二十度、約千メートルほどのところを、「龍鳳」が高速で、本艦の針路に直交してすすんでいる。

私は前のことにこりているので、短時間だけ、ふたたび航海灯を出した。すこし針路を左にとって「龍鳳」をかわすと、「龍鳳」はまもなく右に変針、本艦に反航の体勢をとった。さらに大角度転舵して、本艦の右正横千メートル足らずに占位して平行針路をとった。

「龍鳳」もさきほどのゴタゴタで、僚艦を探していたのであろう。「龍鳳」につづいて駆逐艦もおなじようにあらわれ、本艦のすぐ前方五百メートルにあって平行針路をとると、しきりに船首を左右に振っている。

どうも目ざわりである。そこで舷灯を出すと、直前六百メートルくらいに占位して動かなくなった。僚艦もつぎつぎと集まってきて、私もやっと安心することができた。

それからまもなく、砲術長が交代にきたので、私は申し継ぎをくわしくやって、私室に降りていった。

飛び立った攻撃隊

翌十九日、夜明けは早い。私は四時ごろに起きて、艦橋にあがった。夜明けにはまだほど遠いが、早目に総員を配置につけた。

今日は、いよいよ決戦だ。みな張りきっている。

夜明けごろになって、電信室から重要電報が届けられた。遊撃隊の第二艦隊の艦載水上機から、敵機動部隊発見の電報である。一同は、この快報に色めきたった。

飛行科の幹部は、艦橋後方の飛行指揮所に集まっている。飛行長は、艦橋との間を何回も往復している。飛行機は、午前一時ごろから飛行甲板にあげられ、整備に万全を期している。

敵発見の報は、ただちにかれらにも伝えられた。敵はサイパン島の北西方に一群がいた。これの攻撃は、一航戦がおこなう。

ついで、同島の南々西、かなり離れた地点にもう一群がいた。これこそ、わが第二航空戦隊の攻撃目標である。

さらに敵の第三群が、その間にいた。これは、一航戦機の第二回攻撃の目標となる。

まもなく、一航戦は発艦を開始した。発艦した無数の飛行機は、上空でつぎつぎと集合して編隊を組み、東に向かっていった。

遊撃部隊からは、敵大編隊発見の報がはいった。いよいよきたな。二航戦は発艦準備をいそいだ。

そうこうするうちに、この大編隊はわれわれ南東方、一航戦の前方にあらわれた。高角砲の一部が発砲をはじめたが、どうも行動がおかしい。そのうち、これは一航戦機の大編隊であることがわかった。遊撃部隊の一部が、一航戦機を敵と誤認して発砲したため、一航戦機はいったん引き返してから出直していった。

二航戦機は、割り当てられた敵が発見されたので、大いそぎで飛行機を発進させた。第一番に発艦したのは、戦闘機隊長小林保平大尉であった。艦員はその勇姿に、体がジーンとする思いを抱き、思いきり帽子を振って成功を祈った。

彼は操縦桿をしっかりとにぎり、前方を凝視したまま、すこし頭をさげて、みごとに発艦していった。こうして「飛鷹」からは、戦闘機、攻撃機の順で発艦、上空でみごとな編隊を組んだ。

わが教え子たちの小林保平大尉、攻撃機隊長の宮内安則大尉、そして朝枝国臣大尉よ、どうかみごとな戦果をあげてくれと、祈らずにいられなかった。

飛行機が出ていくと、興奮に顔をほてらした艦長は、ただちに総員集合を命じられた。そして、私と航海長に艦橋をたのむと、飛行甲板に降りていった。まもなく、艦長の元気にあふれた大声が聞こえてきた。

「この戦争は、わが海軍の勝ちだ！　航空戦は、先に発見し、先に航空攻撃をくわえた方が勝ちだ。本戦闘では、われわれはまだ敵に見つかっていないらしい。うまく攻撃さえすれば、かならず勝つ」

飛行機の発進を終えた一、二航戦は、ホッとした気持ちで、予定どおり警戒を至厳にして、東西線を往復しながら第一次攻撃隊の帰投を待つことになる。収容位置は、もっとも東寄りのところであった。

しばらくして攻撃機隊長の宮内大尉から、「予定地点に敵見えず、極力捜索する」との電報があった。私たちは大きな不安をおぼえた。運よく捜しだしてくれればよいがと、衷心より祈るのだった。

正午過ぎだった。右舷水平線付近に、黒煙をあげる空母のあるのを認めた。艦橋にあがって聞くと、「翔鶴」が敵潜水艦の魚雷をうけて火災を起こしたとのことである。

「翔鶴」副長は、私より一つ上のクラスの友成潔大佐である。友成大佐は、少尉時の普通科学生、大尉時の高等科学生、さらに兵学校教官と、とても縁が深い。彼の苦労を、そぞろ思いやられた。

午後三時ごろ、さらに一隻の空母が黒煙をあげるのを見た。一航戦旗艦の「大鳳」であった。

一航戦は「大鳳」「翔鶴」「瑞鶴」という大型空母三隻のうち、二隻までも敵潜水艦にやられてしまったのだ。悲壮きわまりないことである。

「飛鷹」では、寝ぐらに迷うがごとき飛行機三機を認めた。艦長はただちにこれを収容するよう命じられ、吹き流しをかかげて、艦を風にたてた。

マリアナ沖海戦で米空母機の攻撃を回避する「翔鶴」と護衛艦艇

収容した飛行機は「翔鶴」のものであった。搭乗員の下士官は、ただちに艦長に報告する。戦況を聞くと、わが攻撃隊は、敵発見と同時に雲間よりあらわれた敵戦闘機の攻撃により、ちりぢりになったという。

それでも、わが攻撃隊は勇敢に突っ込んでいき、敵戦艦、空母、合計三隻が損害を受けているのを目撃したが、煙幕にさえぎられて、すぐに見えなくなったという。

「飛鷹」は「大鳳」に五海里のところまで近接した。しかし、「大鳳」から「近寄るな、付近に敵潜水艦二隻あり」との信号をうけた。

「大鳳」には巡洋艦「羽黒」が近づいて、横付けしている。乗員は「羽黒」に移っているようで、長官も「羽黒」に移られたらしく、将旗を掲げられた。

「大鳳」の火勢は、いきおいを増すばかりであった。

「大鳳」副長はクラスの親友の大友文吉中佐、内務長は土橋豪実中佐である。土橋は猛火を消すべく努力していたが、ついに艦内から出てこなかったという。

「大鳳」の信号にしたがって十海里ほど離れたとき、「隼鷹」も近づいてきた。そこで「大鳳付近に敵潜二隻あり」との信号をおくった。

「大鳳」は全艦が猛火につつまれ、紅蓮の炎は艦全体をおおっていた。バリバリという炎の音が、間近に聞こえるようであった。

そして、左に横倒しになりつつ沈んでいった次の瞬間、猛烈な爆発が二回おきた。十海里もはなれた「飛鷹」でも、ズシッという大きなショックを感じた。「羽黒」は、自分が敵潜にやられたと感ちがいしたほどであったという。

このときには、すでに「翔鶴」の姿は見えなかった。

「翔鶴」は、朝の飛行機発進中にやられたようである。火災はガソリンに燃え移り、やむなく総員退去のため、飛行甲板の昇降機後方に分隊ごとに整列して人員調査中、艦は突然、艦首を突っ込んで逆立ち状態となった。

昇降機は降りたままになっており、格納庫の中ではガソリンが燃えさかっていた。飛行甲板に整列していたほとんどの者が、その中になだれこんでいったという。じつに悲惨きわまりないありさまで沈んでいったのである。

その日の夕方、「飛鷹」の搭載機二機が帰ってきた。他はすべて陸上基地に向かったらしい。

搭乗員の話を聞くと、敵を発見できなかったそうだ。自差修正ができていなかったからだ。帰ってきた飛行機さえ、前部座席と後部座席のコンパスで十五度の狂いがあった。第二艦隊水上機のコンパスも、そうとうに狂っていたと思われる。

おのおのが狂ったコンパスを基準にしていたのでは、発見地点があてにならず、これを求めて攻撃にいった飛行機も、どこにいったやら、である。

今日の戦闘も、先制空襲で勝ったと思ったのは、まったくのぬか喜びであった。大切な飛行機を大量に消耗し、さらに、大切な大型空母二隻まで失ったのだ。

われわれは悲痛な思いで、収容した五機の飛行機を整備し、旗艦「隼鷹」にしたがって、同夜は北上した。

機動艦隊旗艦では、今回の戦闘は失敗に終わったので、このまま打ちきって引き揚げることに、ほぼ話が決まりかけていた。そのとき、先任参謀の大前が、

「今回は、いかにも残念である。残存機をもって、今一度、決戦をいどんだら」

と提案した。

誰しも未練がある。すぐに大前の案に傾いてしまった。

そのため、ニューギニアからの敵機の攻撃圏外を東進中の補給部隊に合同、燃料を補給して、再度の攻撃をくわえることが発令された。

襲いかかった米空母機

二十日朝、われわれは洋上給油の順番を待っていた。私は朝、艦橋にあがっていった。午前九時すぎであった。

哨戒長当直も終わり、なにもないので、艦橋の司令官休憩室で休んでいると、副直将校が午前十一時、やってきた。

「副長、敵大編隊が空襲にやってくるそうです。艦隊全部で西方に避退中です」

と報告する。今朝、敵飛行艇らしいものが、水平線上に見えかくれしながら追躡《ついじょう》しているらしいと艦長がいわれ、飛行長と二人で注意していたところであった。

私は「まさか」とつぶやきつつ、艦橋にあがってみると、どの艦も全速力で西方に向かって突っ走っている。私は総員を配置につけて、警戒をした。

「飛鷹」はすこし遅れていたので、さらに速力をあげて「隼鷹」を追う。私は之字運動をやめて、直進して正当の位置につくべきことを主張した。一方、航海長は、之字運動をつづけることを主張して譲らなかった。

「飛鷹」が正規の位置まであと六百メートルにせまったとき、左舷の方向に砲声を聞いた。ふりむくと、高角砲弾の炸裂した上方に、敵の大編隊を認めた。

艦長はただちに飛行長を呼ぶと、飛行機の発進を命ぜられた。艦は風にたてられた。しかし、一部の搭乗員が、敵攻撃のあと、どこに帰着するのか、陸上へいくには燃料が足りないといって、なかなか出発しようとしなかった。そのため、飛行機の出発が遅れた。困りはてた飛行長は、また艦長のもとにやってきた。しかし、そのときには、艦長はすでに対空戦闘を命じて、戦闘艦橋にあがっていったあとだった。

　航海長は、之字運動をやってくれと、再度私にたのんだが、私は戦闘艦橋との錯綜を理由に、頑としてことわった。しかたなく航海長は、艦長のあとを追って戦闘艦橋にあがっていった。

6月19日朝、日本艦隊をもとめてヨークタウンを発進するＦ６Ｆ

　艦橋のガラス窓は、上下にひらいてあった。楯を降ろしてあるので、外を見るのには具合が悪くなっていた。背の高い私は、すこしかがんで上空を見たが、あまりよく見えない。

　飛行指揮所にもどった飛行長は、「発進させます」と、何回も艦橋に伝声管で報告してきた。私は、これを戦闘艦橋に伝えたが、返事はなかった。

　そして、取り舵一杯という航海長の声が聞こえてくるなか、飛行機はつぎつぎと発進していく。

　十二門の高角砲と六十二基の二十五ミリ機銃が、堰《せき》をきったように、一度に火蓋をひらいた。ものすごい銃砲声で、なにも聞こえない。

　艦は、徐々に左へ旋回しだした。右三十度、三、四十メートルのところに、爆弾が落下して、サッと水煙をあげた。飛行機は、二機だけ残ってしまった。

敵機が一機、右舷近くをスーッと「飛鷹」の前方に降りていったかと思うと、水面に突っこんでいった。敵機とはいえ、可哀そうな気がする。機銃は、耳をつんざかんばかりに撃ちつづけている。

艦の旋回が九十度を越えてすぐ、右舷中部付近に非常なショックを受けた。艦は大きなお尻を、大きく振ったように感じられた。

なにごとだろう。私は艦橋の右後部に走った。そこには、波紋がわずかに見られた。

私は至近爆弾だと思い、引きかえして伝令の耳に口をあて、「右舷中部至近弾」と、内務長に伝えるよう大声でいった。射撃を開始してから、一分とたっていなかった。

そのときだった。艦は急に右へかたむき、傾斜計は右九度を指した。岩国沖の実験時とおなじだったので、私は大丈夫だと思った。

ふたたび、艦橋左舷で戦況を見ていると、内務長から、「注排水指揮所、応答なし。伝令をやってください」

といってきた。

このときは、高角砲も大部分の二十五ミリ機銃も、ほとんど沈黙していた。私は信号兵に命じて、十三分隊長の缶部指揮官のもとに走らせ、重油を移動して、ただちに傾斜をなおすように伝令させた。

三浦丁己郎大尉が飛行指揮所から走ってきて、「敵の飛行機はどこにいますか」と聞いた。

敵機が前方の水面に落ちてすぐのときだった。

ちょうどそのとき、左正横から一機の敵機が機銃を水面に向けて撃ちながら、本艦に向けて直進してきていた。機銃弾が、水面に小さな水煙をあげていた。

私は、水面に突っ込んだ敵機とともに、左正横の敵機をさした。左正横の敵機の機銃弾は、飛行甲板に突き刺さっている。

私がひょいと飛行指揮所を見ると、みな伏せているではないか。敵機がせまっているのだと直感した。

私の一番近くにいる信号兵が頭をもたげたのを見ると、血だらけで、苦しそうな顔をして、また突っ伏してしまった。

指揮所の方では、飛行長はじめ、大勢がおりかさなった上に、三浦大尉が腹に手をあて、膝をついたと思ったら、静かに仰向けになって、飛行長の上に倒れていった。長い頭髪はしだいに後方にさがり、もともと白い顔は、さらに白かった。

私は、この一瞬の出来事に、なにか夢を見ているような心地だった。

傾斜はなかなか復元しない。艦はほとんど三百六十度旋回してとまった。僚艦はしだいに遠ざかり、戦機はすでに去った感が強かった。

私は飛行甲板に向けて、負傷者の運搬を号令した。見まわすと、艦橋には私と航海士の長沢熊太郎少尉、伝令の三人しかいなかった。信号兵たちは、缶部指揮官のもとに、傾斜を至急復旧するよう、使いにやってしまったからだ。

今度は、長沢少尉に行ってもらうよりほかなかった。私の信号兵を呼ぶ声に応じて、「私がいってきましょうか」と申し出たので、さっそく頼んだ。彼はいそいで降りると、飛行甲板を左舷部に走っていった。

飛行甲板を見ると、艦橋の真下付近の搭乗員休憩所入口には、ぞくぞくと負傷者がはこばれてくる。そのなかに、航海長が肩と足を二人にかかえられ、蒼白な顔で目を閉じ、手を胸で組んでいた。

警備科の小林大尉は足が立たないらしく、艦橋の後方から兵隊に背負われ、グッタリとなって、搭乗員休憩所の前につれていかれ、寝かされていた。

まもなく、艦長が降りてきた。私と艦長は、艦橋左舷後部で向かいあって立った。

「とうとう、やられたな」

と艦長がいった。艦長の顔をみると、目はひどく充血していて、左眼からはすこし血が流れている。

私は治療をすすめた。しかし艦長は、なんでもないといってさえぎって、

「これでは、引っ張ってもらうよりほかないでしょう」という。

ちょうど都合よく、「長門」が左舷後方近くを反航していた。艦長は、すぐに信号兵に命じた。

「隼鷹に伝えられたし。本艦、航行不能、曳航を要す」

曳航準備は、臨戦準備にすでにできていた。

発令された総員退去

こうなっては、もはや飛行機は使えないので、掌飛行長に命じて、ガソリンタンク周囲の空所に注水させた。

私が艦長とともに、これからの対策を話し合っていると、ブルブルッと艦がゆれたと思った瞬間、前後部の昇降機がものすごい音響とともに、沖天高く飛びあがった。

前部昇降機は煙突の高さ以上に、後部昇降機はそれよりずっと高く飛びあがると、ふたたび元の穴に落ちていった。

私は艦長と顔を見合わせた。いったい、なんだろうか。

このショックとともに、艦の傾斜は一瞬にして復元した。昇降機からは、きわめて薄い煙がわずかに立ちのぼるだけである。左舷後部に張り出している後部電信室に、一瞬、黄色い煙が見えたが、すぐに消えてしまった。

私はいそいで、飛行甲板に降りていった。すると、内務科の兵隊が左舷からあがってきて、

「副長、火災はすべて鎮火」

と報告した。この内務科からの報告を受けて、私ははじめて嬉しくなった。兵隊もニッコリと微笑《ほほえ》んで、帰っていく。彼は士官室従兵で、評判の男であった。

補機分隊長の小熊大尉がきて、

「副長、発電機室は暑くてやりきれません。全員、上にあげてはいけませんか」

と許可をもとめた。しかし、まだ艦の現状がはっきりせず、しかも発電機をとめたら、艦内は真っ暗となって作業ができなくなる。

「半数ずつ、交代にしたまえ」

というと、彼はすぐに帰っていった。私は、艦のようすがまだはっきりしないので、万一を考えて弾薬庫注水を命じた。

今度は、機関長があがってきた。

「副長、機械室は、全員が上にあがりました」

私は唖然とした。しかし、動かない機械なら仕方あるまい。機関長であるのだから、そのあたりはわかっているはずと思いかえした。

そのとき、艦長は、

「副長、総員退去させましょう。もうこれでは駄目だ」という。

昇降機からの煙は、少しずつ増えてきているようだ。しかし、まださほどでもなく、艦が沈むとはどうしても考えられなかった。

「しばらく待ってください」

私は暫時の猶予を乞うた。そして、第二掌内務長に消防喞筒《そくとう》の情況をたずねたが、消防主管はすべて吹き飛んでいて、どの喞筒も動かないという。

私は、水を手送りしてでも消火したいと思い、兵隊を一列にならべてみたが、児戯にもひとしいのでやめてしまった。

　昇降機をのぞいてみると、なかはガランとして、どこからともなく黒煙が増えてきた。大部分の乗員は、すでに飛行甲板にあがっている。

　夕陽は次第に西にかたむき、水平線上付近に「隼鷹」や「長門」の姿が望見された。三、四隻の駆逐艦が、本艦のまわりに集まってきた。

「総員退去を命じます」

　私は艦長に許可を求めると、飛行甲板上に、大声で総員退去を号令した。飛行科付の学徒出身少尉がいたので、私は彼についてくるようにいうと、

「総員退去を、艦内全般に伝えさせるように手配せよ」

と命じた。すぐに、数名の下士官兵が飛んでいって、飛行甲板から降りた。

　まもなく、甲板士官の宮林少尉がきた。兼副長付の彼は、御真影を奉じている。これを無事に駆逐艦に移すには、艦を横付けするよりほかはない。

　私は掌信号長に命じ、このむねを駆逐艦につたえさせたが、何回やっても横付けしそうにない。本艦が大爆発

するかも知れないので、巻き添えを警戒しているらしい。

やむなく二分隊長の沖土居中尉は、右舷のカッターを降ろしにいった。

「副長、士官室士官を集めてください」

と艦長にいわれ、私は付近にいた士官室士官を集めた。艦長は悲痛な面持で士官たちの前に立った。

「長いあいだ、不肖な艦長のもとで充分に働いていただいて、まことにありがとうございました。不幸にして本艦は、かかる運命となりまして、総員退去のやむなきにいたりましたが、諸君は、どうかふたたび皇国のため、十二分のご奉公されるよう、心から祈ります。艦長は、本艦に残ります。それでは、ご機嫌よう」

と敬礼された。

この瞬間、われら一同はなんともいえぬ、悲痛きわまりない思いに満たされ、顔をあげることができなかった。

私は、艦長をここで殺しては、国家の一大損失であると思った。優秀な人びとはつぎつぎに死んでいる。この人物払底のとき、とにかく思いとどまっていただきたかった。

「艦長、この一戦だけが戦争ではないと思います。生あるかぎり生きて、ふたたびご奉公することこそ、現在では必要ではありますまいか」

しかし、艦長は、

「いや、艦長は、そういうわけにはいきません」

と、きっぱり断わられた。

私が艦長であれば、やはりそう答えたであろう。そこで、いよいよのときは、みなでかついで退艦させることにした。

「副長、軍艦旗をおろします」

という掌信号長の言葉につづき、軍艦旗は厳粛に、静かに降ろされた。まさに沈まんとする夕陽を浴びておろされる軍艦旗は、悲壮のきわみであった。

飛行甲板の乗員一同は、悲壮な顔に露を宿して軍艦旗を仰ぎ、長い敬礼を捧げたのだった。そして、しばらくは呆然とうなだれ、一人としてその場を動こうとはしなかった。

「私は御真影を奉じて、駆逐艦にまいります」

と艦長に挨拶をしたが、艦長の顔を充分に見ることはできなかった。そして、宮林少尉とともに前甲板に降りていった。

飛行甲板前部では、悲痛な顔をして、靴を脱いでいる下士官もいた。前甲板の右舷には、綱が数本下げられ、さらに第二掌内務長が数本の綱を用意していた。天井に縛りつけてあった応急用円材も降ろしてある。

宮林少尉に泳げるかと聞くと、彼は大丈夫だと答えたので、まず本人をおろして泳がせてみた。なるほど達者なものである。

「御真影に浮標《ブイ》をつけて降ろすから、君はこれを奉じて、駆逐艦にいってくれ」

私は掌信号長が準備した輪形の救命浮標を、御真影のはいったブリキ製の防水格納筐にむすびつけると、綱でおろした。宮林少尉はこれを捧げるようにして、達者な平泳ぎで、駆逐艦に向けて泳いでいった。

わが艦との袂別

私は、しばらく見送っていたが、彼が駆逐艦近くまでいったので、安心して今度は、兵隊たちの整理にあたることにした。

艦長は飛行甲板前部にくると、機銃弾格納筐に腰をかけ、煙草をふかしつつ、退去する兵員を見送っている。退艦者たちは先をあらそうこともなく、綱につかまりながら降りていく。泳ぎの下手な人たちのために、掌内務長や下士官が円材を落としている。

概して、若い兵隊が先に降ろされていた。そのうち、一等水兵くらいの元気な者が、人を背負ってきて、

「分隊長への最後のご奉公だ」

と大声でいうと、そのまま綱につかまって降りようとした。見れば、背負われているのは、整備科の小林大尉だった。私は、小林大尉の肩をたたいて、

「小林君、傷は浅いぞ。気をしっかり持てよ」

と励ました。小林大尉は私の顔を見て、元気のない顔に微笑をうかべた。

あたりは、しだいに暗くなる。残る兵員も十人くらいである。降りろと命じても、かれらは舷側までいくのだが、下をのぞいてはひきさがってしまう。

そのころ、左舷の入口あたりに、軍医長が雨衣を着て、脚絆《きやはん》をはいたまま立っているのを見たような気がした。

二機の攻撃機が、航空灯をつけたまま上空を旋回している。艦橋の付近から、横に長く火を吹いたように思った。

その直後だった。艦はグラッと急に左舷にかたむいた。

その瞬間、私は思わず綱にすがって降りていた。あるいは、火を吹いたのを見て、これはいけないと思って、降りはじめたのかも知れない。

体は、ピッタリと艦体にはりついている。足を強く踏んばって、なんとか艦首をかわしてから、手をすべらせた。つぎの瞬間、手の皮がゾロッとむけるのをはっきりと感じた。

艦首は、時間とともにどんどん持ちあがってくる。すでに艦底の赤腹がすっかり見え、ビルジキールも見えている。滑り降りる速度よりも、持ちあがる速度の方が早いように思えた。

そこで私は、まだ高すぎると思ったが、思いきって手を放した。もう水面に着く時分と思い、全身に力をいれる。しかし、まだ着かない。

再度力をいれてみたが、まだである。五回ほどこれをくりかえしたとき、やっと水面に落下した。水中深く沈んだので、いそいで両手、両足で水をかいて水面にでた。ズボンは半分以上脱げていたので、そのまま脱いでしまった。

艦は暗黒の空に、艦首を急速に高くあげたと思うと、瞬時にして艦尾の方に消えていった。その速さは、ものすごいばかりだった。

付近には、たくさんの人が浮いている。しかし、暗いため、誰だかまったくわからない。「大鳳」のように、沈没直後に爆発があれば、腸が切れて危険だが、なにごともなくすんだ。私のところに、若い親切な兵隊が薄板一枚をもってきて、これに摑まるようにと差し出した。薄板では、浮く助けにはならない。泳ぎ下手な若い兵隊にその薄板をわたし、私はハンモックに六人ばかり摑まっている方に移った。

五隻の駆逐艦が舷灯を出し、付近を遊弋《ゆうよく》しながら救助しているらしい。私は、どれが近いかを物色したが、艦は動くし、浪に見えかくれするので、見当がつかない。

浪が高く、真っ暗な晩なので、われわれの浮いているのがわからず、とり残されてしまうのをおそれて、みなで軍歌を歌ったり、大声で叫んで所在をしめすように注意した。

私は、足が少しずつつってきたので、一隻の駆逐艦の方に、単独で泳いでいった。すると、先の若い兵がついてきて、また薄板に摑まれという。しばらく摑まって泳いでいると、二、三メートル先にいた下士官らしき者が、

「副長、お摑まりください」と大きな円材をくれた。私はありがたく、それに摑まって泳いだ。

駆逐艦には、あと二、三百メートルにまで近づいたので、私はその兵にいって、円材を離れて泳ぐことにした。

やっとのことで、駆逐艦の前甲板からさげてある綱梯子にたどりついた。手も足も棒のようになって、とても登れない。

私は綱梯子につかまったまま、しばらく休憩した。そして、一等兵をうながすと、先に登ってもらった。五分ほど休憩したのち、ようやく前甲板にあがった。

しかし、足が立たない。前甲板から手をひいてもらいながら、足を引きひき、ズブ濡れの作業服上衣に、縮《ちぢみ》の白ズボン下という格好で、艦橋にあがっていった。

生きていた艦長

艦は「満潮」で、艦長は田中知生少佐（海兵五十七期）であった。昭和十一年に私が「球磨」砲術長のとき、二分隊長の渋谷大尉が、よく彼のことを噂していたのを思いだした。

「飛鷹副長です。今日は、兵隊が大変にお世話になります」

艦橋で艦長に挨拶したのち、士官室にはいった。駆逐艦は探照灯で海面を照らし、内火艇、カッターをおろして救助に当たっていた。

士官室には、沖土居中尉など五、六人がいた。

「おっ、みな助かってよかったな」

というと、沖士居君が、

「艦長にお会いになりましたか」

といった。

「うん、いま艦橋にいって挨拶してきた」

「いいえ、本艦の艦長です」

と私の左後方をさすので、その方を見ると、横井艦長が、士官室入口をはいってすぐの左側の小さなソファーに横たわっておられた。

「副長、とうとう死神にまで見離されたよ」

微笑をふくみながらも、悲痛な顔でいわれた。私は思いがけなかったし、また驚きもしたが、嬉しさが胸にせまった。

「艦長、よかったですね」

といったまま、言葉がつづかなかった。しかし艦長は、だいぶ苦しそうであった。

「みなが艦を降りていくのを、飛行甲板の前部で、煙草をのみながら見送っていたら、飛行甲板前部に苦しそうにうなっている兵隊がいた。僕は、その兵隊の背をさすって、お前一人では死なさないよ。艦長も一緒だよ、といった瞬間、艦が急にグラッと左に傾いた。

僕はころげて、左舷の綱に左手でつかまった。そうしたら、艦首が垂直にもちあがったため、左手だけでは持ちきれずに手を離したら、舷側の突起物に四、五回ひどくぶつかって、海に放りだされたんだ。

そのまま浮身をして、この月も今日が見おさめか、と思って見ていたら、下士官らしいのが泳いできて、顔をのぞきこむなり、アッ、艦長、いま木片をもってきますといったので、このまま放っておいてくれ、といって、そのままにしていた。

すると、誰かが円材三本を運んできて、これを組み合わせ、僕を寄りかからせるようにして、その中にいれてくれた。そのあと、その下士官はボートを呼びにいき、まもなく内火艇をつれてきて、僕を乗せてくれた。

ところが、内火艇にその下士官が乗っていない。とうぜん死ぬべきはずの僕が助かって、助かるべき下士官が生きていないとなると、僕は申しわけなくてたまらない。

副長、すまないが、その下士官がどうなったか捜してくれませんか」という。

私はすぐに引きうけた。

私はもともと、全員退去後に、艦長を無理にもひっかついで退去させたいと思っていたので、艦長が生きていたことはとても嬉しかった。

私は後部の兵員室に、兵隊たちがどうしているかを見にいった。歩くには、足はまだいうことをきかない。機械室の上を通るときは、裸足のため、とても熱く、爪先だって走るようにした。

兵員室の階段を降りたところで、駆逐艦の軍医少尉と看護兵が、負傷者の治療をしていた。

私は軍医少尉に挨拶し、兵隊たちを簡単に見舞った。掌経理長が重体で、後部士官室で寝ているという。掌経理長は私の姿を見ると、体を起こそうとしたので、これを制し、「どうかね」と声をかけた。

「とても頭痛がしまして、呼吸が苦しゅうございます」

くれぐれも大事にするようにと励まし、また士官室に帰った。

まもなく艦長は、駆逐艦の司令室に、兵隊にかつがれるようにしていった。体が痛み、呼吸困難で、歩行はほとんどできないようだった。

私たちは主計長の好意で、給食のビスケットを食べ、濡れた被服をぬいで、新品の下士官服に着替えさせてもらった。

それから、おのおのの遭難時の話となった。

沖土居君は、御真影を駆逐艦に移すのに、駆逐艦が近寄らないので、艦橋右舷のカッターを卸《おろ》しに行った。

カッターは、一度釣り上げて、外に出して卸すのであるが、釣り上げるのに、ずいぶん骨が折れた。やっと、釣り上げたと思ったら、カッターに乗って作業をしていた兵隊(二分隊の二等兵で、従兵をしていた。大変気質の良い、従順な兵隊で、皆にとても愛されていた)が、滑車に中指を挟まれてしまった。突嗟のことで、どうにもしようがない。

艦は急に左舷に傾いた。そのとき、ナイフでもあったら、指を切り落としてでも助けてやりたいと思うが、それもない。

艦は、もう逆立ちをはじめた。やむなく、みんな海に飛び込んだ。飛び込んだつもりが、まだ艦の横腹なので、また起き上がって、ふたたび飛び込んだ。

とうとうあの兵隊も、指を挟まれたまま、艦に海底深く引き込まれてしまったのか知らぬ。まことに、可哀そうなことをした。

「飛鷹」を退艦した著者や横井艦長を救助収容した駆逐艦「満潮」

話の最中に時計を見ると、もう十二時近くになっている。私が駆逐艦に泳ぎついたのが十一時ごろであったから、海に入ったのが七時とすると、正味四時間も泳いだことになる。三十分くらいしか泳いでいない気がしたが、ずいぶんと長いあいだ泳いだものである。

私も海に入ってから、少し考えたことがあるのを覚えている。

大体の見当で、サイパンのほとんど西三百カイリくらいであろう。そうすると、東西南北どちらを見ても、まず幾百カイリ、陸に泳ぎつくなど思いもよらない。

水深も、千尋《ちひろ》もあろう。鱶《ふか》がいはしないかと、海に入って間もなく心配した。しかし、少しも、そんな気配はなかった。他の人たちに聞いても、そんなことはなかったらしい。大正十二年大演習のときは、硫黄島沖で、ずいぶん鱶を釣ったものだったが……。

雑談をかわしているうちに、十二時すぎとなったころ、駆逐艦は内火艇、カッターをいそいであげている。そして、爆雷戦用の号令が伝えられた。まもなく艦は、スクリュー音も高らかに動きだした。

やがて爆雷の炸裂する大きな震動とともに、ドーン、ドーンという音が聞こえた。またしばらくして艦が止まると、カッターが卸されるようだった。

士官室の入口に、油にまみれた人が立っている。見ると、内務長の渡部少佐だった。

「どうしたんだ」

「重油がいっぱい流れてきまして、重油はかぶるし、飲むしで、なんともいいようがありませんでした」

と、彼独特の身ぶり手ぶりで説明する。格好がまたすごい。作業服の上に雨衣を着て、長靴を腰にさげている。よく泳げたものである。彼は体を洗いに、浴室にいった。

艦はまた動き出した。他の駆逐艦は、とうの以前に引きあげていた。「満潮」だけは探照灯をつかい、午前一時半すぎまで救助に当たってくれた。

内務長も、そのために救われたもので、「満潮」がいなければ、たぶん助からなかったであろう。内務長たちも、ずっと軍歌を歌っていたそうである。「満潮」には感謝のほかなかった。

午前三時ごろ、飛行機の爆音が聞こえてきた。まもなく艦が止まり、しばらくして、顔を血だらけにした大尉と中尉が入室してきた。

かれらの話によると、攻撃を終えて帰ってきたら、すでに日は暮れ、「飛鷹」は沈みかかっていた。上空を数回旋回していたら、駆逐艦五隻が「飛鷹」の周辺にいて、その外側に敵の潜水艦二隻を認めた。

その後に母艦「瑞鶴」をさがしたがわからず、さいわい先刻の駆逐艦を発見したら、駆逐艦が探照灯を水面に照射してくれたので、そこに不時着して助けられたという。

駆逐艦の先任将校が私のもとにきて、寝室は「飛鷹」艦長と一緒に司令室を使ってほしいとのことだった。

ただ、司令室には司令の軍刀がおいてあり、「飛鷹」艦長にもしものことがあってはいけないので、軍刀を移すように思うがどうかと、「満潮」の艦長が気がついて、注意してくれたという。

私も同意して司令室にいくと、艦長はベッドに寝ていた。艦長は、便所に通うにはソファーの方がよいといわれ、私がベッドを使うことになった。

艦長は、胸を水でつねに冷すようにした。しかし、呼吸がとても苦しそうであった。

分析された敗因

士官室にもどった私は、内務長らと遭難時のもようについて話し合った。これにより、次のことが判明した。

一、最初の急降下爆撃は、取り舵をとって回避した。

二、航海長が「取り舵一杯いそげ二分の一」と令したので、操舵長が取り舵をいそいでとったところ、その速度に機械が追いつかず、舵故障とおなじようになったのか、あるいは、右舷に魚雷が命中したときに舵をやられたのか、どちらかとなった。後者かも知れないが、舵は動かなくなった。

三、そのとき、敵は雷爆同時戦をおこない、雷撃機は、左の方から六機が「隼鷹」に向かっていた。それにたいして「長門」が、主砲の一斉射撃をおこなって四機を撃墜したが、二機が残った。この二機は面舵をとって、右に回避した。

ところが、ちょうどそこに「飛鷹」が左に回頭して、横腹を見せているのに出会った。敵にすれば、幸運中の幸運だった。

敵は雷撃をこころみ、そのうちの一機は「飛鷹」の二十五ミリ機銃で撃墜されて空母の前に落ちたが、他の一機は「飛鷹」に突っ込んできて雷撃に成功した。

その魚雷が、右舷機械室後部の冷蔵庫に命中、その余波で冷蔵庫と右舷機械室の隔壁を破った。海水は、冷蔵庫から滝のようになって機械室に侵入したが、右舷機械室では全員が退避する余裕があった。その間、四分くらいであった。

四、それと同時に、左舷機械室も完全に止まってしまった。「飛鷹」の主機械は商船式のため、すべてが止まる仕組みになっていた。

五、魚雷爆発のさいに発生する毒ガスで、命中と同時に、注排水指揮所員は稲熊大尉以下、一部の救出者をのぞいて、全員が戦死した。救助者の八名は、烹炊員が非常な困難をおかして、防水扉蓋のマンホールをくぐって後甲板に救出したが、その烹炊員も八名を救出したさい、後甲板で倒れてしまった。
六、臨戦準備作業の徹底と訓練の徹底、応急員の勇敢さにより、火災はわずか三十分で消しとめた。
七、左正横からきた敵機は、飛行甲板めがけて爆弾を投下した。投下が遅れたため、本来なら右舷の海中に落ちるところだったが、不幸にして、艦橋後部のマストの上から一メートルほどに命中した。
そのため、傘型に弾片がひろがり、見張所から飛行指揮所にいた者は、全員が戦死した。艦長など数名は、電探にさえぎられて助かったが、その左舷にいた森下少尉候補生は、横腹をえぐられて死んだ。また航海長も、舵故障で予備装置に移ろうと、梯子まできたときだったので、不幸にして戦死してしまった。
八、第二次爆発前に、私はガソリンタンク外側の空所に注水を命じていたので、ガソリンが爆発するとは考えられず、火薬庫も異常なく、これにも、第二次爆撃とともに注水させた。格納庫内に油が流れ出ていたことから、航空魚雷攻撃を受けたときに、重油に引火したのではなかろうか。

これらの件を、電案に簡単に書き直し、夜が明けてから、他の駆逐艦に救われている員数を調べて書き入れ、艦長の名前で戦時概報として打電することにした。

夜が明けてから、各駆逐艦が集合したので、各艦に信号をおくった。

「×フヨ×（副長よりの略語）

飛鷹生存者に伝へられたし

一、艦長、満潮にあり、重体

二、准士官以上、下士官兵にわかち、生存者員数知らせ」

すると、別の艦に収容されていた機関長、砲術長から報告があり、かれらは艦長の容態を知りたがった。

御真影は砲術長のもとに安置してあった。計算してみると、乗員の三分の二は助かっていた。戦死者は戦闘中のもので占められ、総員退去後のものはきわめて少数とわかり、私もホッとした。

軍医長は泳げなかったこともあり、艦と運命をともにするとがんばっていたのを、看護兵がむりやり連れだしたものの、艦から飛びこむときに手が離れて、ついに見つからなかったという。

艦長の容態は、軍医少尉の診断によると、胸部に内出血があり、血痰も吐くので予断を許さず、絶対安静のまま胸を冷やしつづけた。また、眼には弾片が入っていた。

駆逐艦は沖縄をめざしたが、途中で燃料が足りなくなる艦も出て、少ない燃料を洋上でわけあいながら、経済速力で中城湾にたどりついた。

私の電報は、中城湾近くなって打たれた。救助された日の翌日、九名が死んだ。またその翌日、六名が死んだ。せっかく救助されたのにと、残念でならなかった。

中城湾までに辿りつくのは、駆逐艦も大変心配だった。

第一、燃料問題もある。敵機動部隊が追撃しているかもしれない。とくに、ある飛行機からの電報では、地点符号の取り違いかもしれないが、駆逐艦と中城湾との中間に、敵機動部隊ありなどというのがあって、みなをとても心配させた。

中城湾の空は暗く、天候は悪かった。われわれはすぐに「隼鷹」に移乗させられた。

私は司令官室にいって、報告をした。私の両手は繃帯につつまれ、見るからにものものしかった。しかし、みなから親切にしてもらい、心から感謝した。

艦隊司令部には、二航戦司令部から報告された。万事、クラスの寺崎がよろしくやってくれたようだ。

艦長が担架で、「隼鷹」艦長室にはこばれてきた。さっそく司令官、先任参謀、「隼鷹」艦長の見舞いをうけた。艦長の目には涙がにじみ、頰を流れていた。

二航戦随一とみずからも誇り、また他も許していた「飛鷹」が、敵との奮戦の結果とはいえ、沈没の厄にあったことは、艦長として残念のきわみであったはずだ。

「飛鷹」の乗員は、全員が「隼鷹」に集まった。「隼鷹」にも多数の戦死者があったので、「飛鷹」乗員はその補充員となって、「隼鷹」の乗員と同様に扱ってもらうことにした。いささかでも便乗の気分があっては、申しわけないからであった。

飛行科員は、もともと「飛鷹」乗艦を指定されたにすぎないので、そのまま航空隊司令のもとに復帰させた。

総員が飛行甲板に整列して、司令官の訓示をうけた。司令官は「飛鷹」の奮戦を心からたたえられた。私が艦長代理として、乗員を代表して司令官にお詫びを申しあげた。ついで、「隼鷹」艦長から挨拶があった。

「隼鷹」ではわけへだてなく接してくれ、本当に嬉しかった。

幹部が一堂に会する機会を得たので、戦闘中の部分的な事情がわかり、ひいては綜合的な状況が判明してきた。

「満潮」ではどうしても判然としなかった第二次爆発の原因が、どうやらわかってきた。それは、砲術長の話によるものだった。

「飛鷹」の機械が停止して、僚艦からひとり取り残されたため、敵潜水艦の狙うところとなった。そして、敵潜二隻が、艦尾からおのおの十本ほどの魚雷攻撃をおこなった。射線は網の目のように交錯し、後部ガソリンタンク付近に命中したらしい。

ガソリンが誘爆し、その真上にあった下部三、四番格納庫の境界が、直径五メートルほど破られた。さらに後部昇降機を吹きあげ、その余勢で前部昇降機まで吹きあげたのである。

したがって、後部昇降機が前部の二倍も高く吹きあげられた理由もわかった。

ガソリンのベイパーは、方々に充満して、つぎつぎと爆発を起こしていった。重油も格納庫内に流れこんできた。

艦内の電灯や消防主管は、第一次の航空魚雷と第二次の潜水艦魚雷で、すっかり破壊されてしまった。そのなかを、勇敢にも応急員は手さぐりで下部格納庫までいって、その原因を突きとめてきたという。

このような状況で、艦は後部からしだいに浸水していったことがわかった。

総員退去の号令は、昇降機からあがる熱気と煙とのためにさえぎられ、後部機銃員には伝わらなかった。そのため、機銃員は水に腰まで浸《つ》かりながら頑張ったが、ついにはこらえきれずに泳いだという。艦が縦になって沈んだとき、かれらは相当に大きな渦に巻き込まれて、ずいぶんと海水を飲んだらしい。

多くの人が渦にまきこまれていくのを目撃したという者もいたが、戦死者と生存者との数を合わせると乗員数に近く、溺死者はきわめて少なかったのは事実である。

私は、別に命令を出さなかったが、平常の艦内の融和した気分は、非常時において如実にあらわれ、先をあらそって退去するような者は一人もいなかった。

六分隊（見張り、水測関係）では、分隊長（呉出身の中尉）の命によって、まず重傷者、ついで水泳不能者を退去させ、水泳の達者な上級者が、かれらを駆逐艦まで送りとどけていた。六分隊は、マストに命中した爆弾で過半数が戦死していたが、重傷者はこのようにして助かったのである。

航海長は、戦時治療室となっていた飛行甲板の搭乗員待機室に運ばれたが、そのときはすでに戦死していた。飛行長は背をえぐられて、しきりに譫言《うわごと》をいっていたそうだが、ついに息たえたという掌飛行長の話があった。そのほかの飛行科幹部は、小林清大尉をのぞいて全員が戦死している。

電気長（兵曹長）は、最後まで発電気室で頑張っていたが、灼熱の部屋から部下の全員を上甲板にあげたのちも、自分ひとり責任を持って配置を守りつづけ、ついに艦と運命をともにした。じつに、惜しみても余りある人物を死なせてしまった。

各分隊長は、分隊員を集めて情況を調査したが、聞けば聞くほど、各自よくその職責を完全に果たしていた。命ぜられたことだけでなく、自分が気がついたことは、万難を排してなしとげていた。

これらは「飛鷹」乗員の優秀さを証明するもの以外のなにものでもあるまい。

機動艦隊は集合して即日、大いそぎで瀬戸内海に回航した。その理由は、敵潜水艦が湾口に出没しているらしい徴候があるからだった。

いつ敵機動部隊に襲撃されるかわからず、負けるということは、じつに悲惨なものであった。

庶務係の主計兵が、総員名簿を完全な状態で、海上を駆逐艦に運んだなどは、ほんのその一例に過ぎなかったが、この総員名簿が残務整理にどれだけ役に立ったことか。しかし、艦長を救助した下士官は、まだわからなかった。

「隼鷹」の情況を聞くと、「隼鷹」もよくやった。ただ飛行科だったと思うが、陸揚げすべき帳簿外のものを、相当量内証で持っていたそうである。爆撃を受けたとき、これに火がついたため、火災が大きくなってなかなか消えず、火災が全部鎮火するまで、六時間もかかったそうだ。ちょうど「飛鷹」の十二倍になる。

徹底的臨戦準備がいかに必要かは、みんながよく体験して、今さらながら驚いた次第だった。

マリアナ沖海戦で米機の爆撃により損傷した「隼鷹」の艦橋構造物

また、「隼鷹」も、「飛鷹」と同じような爆弾を受けた。「飛鷹」はマストであったが、「隼鷹」は煙突であった。そして見張所は破壊され、死体は外側にぶら下がり、悲惨きわまりない情況だったそうである。

私たちは、士官もなるべく「隼鷹」の当直を助けることにした。そしてその暇には、極力、残務整理の準備をすることにした。

私の手の負傷は、なかなか治らなかった。両手とも、すっかり指の先まで皮が剝《む》けてしまっている。「満潮」では、繃帯を代えるたびに新しい皮はふたたび剝《は》がれ、治療はなかなか困難だった。

「隼鷹」に来てからは、軍医長が種々工夫をしてくれたので、だいぶ新しい皮ができてきたが、洗面、入浴はまったくできず、箸を持つことさえむずかしかった。

三日くらいで豊後水道に入って、柱島水道に仮泊した。私は、「大淀」に連合艦隊司令部を訪れた。そこで、クラスの親友大野格に会った。彼は、熊本済々黌入学当時からの親友である。彼は、私が生還したのを、心から喜んでくれた。

司令部では、当分の間、「飛鷹」乗員は呉の三ツ子島に隔離ということを言い渡された。便船は、浅間丸ということだった。

「隼鷹」に帰って指令を待ったが、幾日経っても、埒《らち》があきそうになかった。

「翔鶴」「大鳳」の士官が当分、浅間丸で生活しないかと、言ってきた。理由は、現在彼らがいる船が、待遇が思わしくなく、不愉快だということにある。

しかし、われわれは、「隼鷹」できわめて家族的にやってもらっている。その必要も認めないし、またそんなことをするのは、司令官および「隼鷹」にもすまないので断わった。

艦長はじめ、負傷者は病院船で呉海軍病院に送られた。私たちは、負傷者のうちには入らぬ。そのうちに、急に巡洋艦が正午出港、呉に向かうという話を聞いた。

われわれが浅間丸で行くとしても、寝具などの準備がどんなものかと、心配されたので、沖土居中尉に先発隊として行ってもらい、準備をしてもらうことにし、下士官兵十名ばかりをつけることにした。そして、その旨、「摩耶」副長あて信号をやって頼んだ。

大急ぎで、沖土居君をやることにしたが、「摩耶」は、知らぬ顔して出港してしまった。そこで今度は、「高雄」副長に頼んだ。「高雄」副長は、やはり熊本済々黌からの同期で、体操と落下傘部隊司令で有名な堀内豊秋である。

彼はわざわざ艦長に頼んで、出港を待ってくれていた。後で種々の芳志を聞いて、私は本当に感激してしまった。

ところが、この船に乗り合わせていたのが、機動艦隊主計長である。彼は、当方から先発隊をやったことが、大変な不服であったらしい。「自分が手配をしているのに、何をするか」ということを、露骨に言ったそうである。沖土居君は、階級上、何も言えず、ずいぶんと苦しかったらしい。

呉に着いて、所要の向きに当たってみると、毛布など、半数も準備してなく、蚊帳も準備していない。

彼は、ずいぶん苦労して、できるだけのことをして、浅間丸が見えたので、船を頼んでとりあえず私のところに報告にきたのだった。

私はその間の事情はよくわからないが、準備が充分でないということを聞いて、憤りはその極に達した。我らは、罪人ではないのだ。

みんな、命がけで、できる限りの奮戦をしてきたのである。隔離は機密保持上やむを得ないにしても、寝具も充分にあたえられないとは、忠勇なる下士官兵に対してはすまないのだ。

私は、沖土居君に、憤然として、万全の準備を要求した。彼は私の態度に、ムッとしつつも黙って、ふたたび呉まで準備の交渉に出かけていった（後で、苦労したのに副長に叱られたと、こぼしていたそうだ）。

ああ「飛鷹」よ！

夕刻、もう日没時分に、浅間丸は三ツ子島に着いて、私たちは上陸した。家屋はさほど悪くはないが、大変淋しいところである。何だか急に島流しにあったような、とても嫌な淋しい気がした。とにかく、部屋を割り当てて、そこにみんな一応、落ち着くことにした。

食事は、午後九時ごろになってしまった。もちろん、何も準備ができていなかったので、御馳走も何もない。若い兵隊たちは、さぞ辛かったことだろう。

翌日からの日課は、砲術長に頼んで、例の体育日課を定めてもらった。寝具も、沖土居君の努力によって、とにかく、数だけ揃った。これで、兵隊たちに寒い思いをさせずにすんだ。翌朝から晩まで、遊戯と体育の連続だ。午後は、水泳も加えた。みんな、今までのことはすっかり水に流して、また昔のなごやかな気分にひたっていった。

私は、艦長代理をやっているので、艦隊司令部、二航戦司令部、鎮守府と、いろいろ用事があった。

主計長は、みんなの被服その他給与などの交渉のため、陸上に行って大いに努力した。私も、ときどきその方の応援に出かけていった。

また、残務整理のため、分隊長、分隊士、約三十名をともなって、人事部に交渉にも行った。みんな、大変便宜をはかってくれたので、仕事はとても進捗した。

将来の参考のため、実戦の経験並びに意見を、航海学校その他に送るべく、各科で下士官兵合同の研究会を開いた。

その際に出た意見では、みんな一様に、この「飛鷹」の陣容そのままで、新しい航空母艦に行き、今一度、最前線に出て、思う存分働かせてもらいたい。かならず、この経験を生かすということだった。

私は、これを聞いて、さっそく呉人事部に出かけて交渉したのだった。呉人事部員たちは、みんな一様にびっくりしていた。

大概の人は、一度、艦が沈没すると、当分は艦に乗るのをとても嫌がるということで、こんなことは、初めてだということだった。これは、きわめて嬉しいことで、ぜひ実現させてやりたいけれども、すでに従来の経験通り、発令した後だから、我慢してもらいたいということだった。

柱島水道にいるとき、クラスの先任参謀寺崎が、「上京するから、士官の転任希望先を書いてくれ。貴様の意見でいいから」ということで、書いてやっておいた。

第一番で発令になったのは、内山大尉である。これは前艦長古川大佐のとき、考課表に、兵学校教官適任と、私と相談のうえ書かれたことがあったかららしい。

ある晩、私の部屋の真下の第一次室で、夜遅くまで騒いでやかましい。内山大尉を中心に騒いでいるのが、よく聞こえる。私はしようがないので、正子ごろ、海岸まで散歩に出かけた。

そして、帰りかけたところに、内山大尉がやってきて、「副長」と、怒ったように言ってきた。私は「何だ」と言ったら、やにわに、私に突っかかるような語調で、

「私を、どうして、兵学校なんかに、やられましたか」と言う。私は、じつはそれまで知らなかった。しかも、相手は相当に酔っているし、うるさいので、「知らないよ」と怒ったように言ってやった。

そしたら、私にくっついてきて、しつこく何度も同じことを言う。私室に近づいたとき、「私を、どうして第一線にやってくれないのですか」と言うので、彼の心情は、まことに愛すべきであったけれども、すでに発令があったのはどうにもならない。

私は、「君みたいなお行儀の悪い奴は、行儀見習いだよ」と言った。彼はおかしいような、変な顔をして帰っていった。

翌朝の食事のとき、「おい一番、昨夜は困ったぞ」と言ったら、砲術長が、「副長、昨晩はガンルームを、みんな冷やしてやりましたよ」といって笑っている。内山大尉は、盛んに頭をかいている。

私は何かしらと思って、尋ねてみると、やはり、みんなが昨晩睡眠を妨害されて、困ったらしい。

そこで、中・少尉指導官だった砲術長は、午前三時ごろ、飲んで騒いだ連中を叩き起こして、「ただいまから水泳をやる」と言って、桟橋のところに連れて行き、海に入らせた。

桟橋につかまらせたまま、泳がせない。充分に冷えたところで、上にあげて立たせる。さらに夜風で冷やさせた。

こういうふうにして、入れたり上げたりさせること数回、一時間半にわたって冷やしたので、酒の酔いがさめたどころか、体の芯まで凍るように冷えきったらしい。あとで長沢少尉、宮林少尉に、

「昨夜は、冷やされたそうじゃないか」と言ったら、

「もう冷えたどころじゃありません。ガタガタふるえて……」

とこりごりしたらしいことを、こもごも語っていた。

私がひどく憤慨したのは、軍刀のことである。遭難したわれわれは、何から何まで艦とともに沈めている。主計長は方々に交渉して、被服類を手に入れてくれた。軍刀も交渉した。ところが、軍刀は遭難者用として、「飛鷹」の分も一緒に、鎌倉から機動艦隊主計長が取り寄せたということであった。

そこで主計長は、艦隊の方に交渉したら、前主計長がやったことで、「飛鷹」なんかにやる必要はないといって、「飛鷹」の分まで第一航空戦隊の遭難しない人たちにまで、頒《わ》けてやってしまってある、ということだった。

私は、たびたびの艦隊主計長のやり口に激昂した。こちらは顔も知らず、また「飛鷹」は、他艦にほめられても、恨まれるようなことはした覚えはない。

そこで私は、艦長代理として、公式文書をもって二航戦先任参謀あてに、「機動艦隊主計長はかくかくのことをしている。何の恨みがあって、飛鷹に対し、かかるやり方をするのか、機動艦隊司令部の釈明を求む」と厳重抗議という書き出しの下に、抗議をした。

クラスの先任参謀寺崎は、さっそく機動艦隊司令部に、クラスの先任参謀大前を訪ねてその書類を示し、何とかしてもらいたいとやった。大前も大変に驚いて、ただちに艦隊主計長を呼び、一体どうしたんだと言った。

「これはまったく知らなかった。前主計長のときで、自分は着任早々で、そのことに携わっていないから知らないが、そう言う事情だったら、ただちに瑞鶴の分を取り返してやるから、飛鷹主計長に、そう言ってもらいたい」ということであった。

前主計長は、いなくて仕合わせだった。私は、もし前主計長がいたら、今一歩突っ込んで処分までしてもらう決心であったからだ。いやしくも、われわれは決戦において死力を尽くし、なすべきことをなしての遭難生存者である。航空戦もやらずに、潜水艦にやられたのとは、本質的に違うのだ。

下士官兵は、体育と遊戯と水泳で、すっかり元気になり、朗らかになった。しかし、准士官以上は、残務整理が忙しかった。それでも、みなの努力によって、十日ぐらいの間に大体片づいて、あとは臨時考課表の清書ばかりとなった。

考課表を書くとき、分隊長は、一人一人を呼んで、いろいろと聞いた。そのとき、横井艦長に頼まれている下士官を捜すのを忘れてはいなかった。彼は、二分隊の弾庫長であった。弾庫長は、大変謙遜した態度で、「そういえば、私だったかも知れません」と言ったそうである。日ごろはあまり目だたぬ男である。

私はこのことを聞いて、残務整理情況の報告かたがた、呉海軍病院に艦長を見舞った。先日、二航戦司令官城島高次少将から、慰問にもらったウイスキー二ダースは、艦長には体によろしくないと思ったので、全部、士官室士官に分け、一部を中・少尉にやった。浅草海苔《のり》は艦長に持って行った。

海軍病院では、遭難者の面会は、大変にやかましかった。私は副官のところに行って話したら、副長が職務上のことで来ているので、すぐに面会できた。

艦長は、幸いにもベッドに座れる程度によくなっていた。私が行ったのを、とても喜ばれた。そして、例の下士官がわかったことを話したら、これまた大変に喜ばれた。

私は、この下士官を表彰しようと思うと言ったら、艦長は、自分を助けてくれたのを表彰するのは具合が悪いと言われたが、艦長代理たる副長が、艦内限り表彰するのは、差し支えないでしょうといって、了解を得た。

艦長のところには、鎮守府長官はじめ、司令部みんなが、大変によくして下さったそうだ。長官の御家族も、毎日のように見舞われたということだった。

「飛鷹」の下士官兵も、グングン回復していった。そして、ある者は艦長のところに来ては、洗濯物はありませんかとか、何か致しましょうといって、やってきたそうだ。艦長は、とても喜ばれていた。

そして艦長は、いろいろと不自由なことはないかなど、聞かれたところ、彼らも隔離されていて、二階の者は一階にも三階にも行けない、ということをいった。

艦長はびっくりされて、いくら隔離でも、あまりに非常識である。罪人ではないのだ。優遇して然るべきだというので、鎮守府先任参謀に、さっそくこの話を伝えて、善処方を要望されたのだった。鎮守府でもびっくりして、病院長を呼んで、あまりに行き過ぎであると注意され、その後、改められたということだった。

あまり時間がないので、一部の下士官兵だけ見舞って、その日は帰った。次に見舞ったのは、上陸が許されたときだった。少尉連中も一緒だった。

艦長も、大変元気になっておられた。そして、「坊や来たか」と、少尉たちの来訪を、ことのほか喜ばれた。

艦長は、転地療養したいといっておられた。なお先日、機動艦隊参謀長が見舞いに来られたときは、話がたまたま戦争に移って、ずいぶん議論されたということだった。また、艦長たちがたくさん見舞いに来られたが、一度死に損なうと、なかなかあとでは死ねぬものだ。ピストルで一思いにやるか、艦に体をくくりつけておかないと、死に損なうことがあるということだった、と言っておられた。

この日は、整備科の小林清大尉を見舞った。彼の部屋は別棟の二階だったが、私が階段を上がりかけたら、ちょうど「隼鷹」の整備科分隊長に会った。彼は私を見て、「アッ」と驚いたが、すぐに引き返して、

「小林！　副長が見舞いにこられたぞ」と大声で叫んだ。

私が二階に上がったら、すぐ横の部屋の戸口まで、小林大尉は、ビッコを引いて出て来ていた。私と小林は、互いに見合わし、感きわまって、しばらくは口が聞けなかった。彼の眼

には、涙がたまり、両頬に雫《しずく》が流れていた。

「副長、大変にお世話になりました」と言ったのは、腰をかけて、しばらくしてからだった。彼は爆弾で、肩甲骨のところを抉《えぐ》られ、動脈が切れ、左足はアキレス腱が切れていた。飛行指揮所から、負傷者運搬の私の号令で、艦橋下、搭乗員待機室前の飛行甲板に寝かされていた。

すぐ前の格納庫の中には、流れ込んできたガソリンの火災が次第に熱気と煙を、昇降機のところから増してきた。そのため、熱くてしようがない。ちょうどそのとき、誰か通るので、「暑くてしようがないから、少しどこかに移してくれ」と言った。

その人が、「アッ、分隊長」と言って、すぐに担いでくれた。その人は、彼が「飛鷹」に乗っている間の臨時の分隊員だった。そして、私が立っている前で、前甲板から海に下りて行ったそのとき、私が声をかけたのも覚えていた。

海に下りてから、その一等兵は、分隊長に、一枚の板をあたえてこれにつかまらせ、押したり引っ張ったりして、駆逐艦まで行った。その途中の話では、彼は四国の出身だということだったそうだ。

駆逐艦に収容されてからは、彼は安心したのと出血のため、意識は朦朧としていた。「飛鷹」看護長の話では、駆逐艦の軍医官が左手の脈を見たら、すでに脈がないので、「駄目だ」といって、もう匙《さじ》を投げていた。

それを、看護兵と一等兵とが何とかして助けたい一心で、「駄目でもいいから、食塩注射をやってみてくれ」と懇願に懇願を重ねて、翌朝まで注射を幾回もつづけた。そして傷の手当も、入念にしてもらった。

翌朝になって、右手の脈をとってみたら、しっかりした脈があったので、みんな、驚喜したのだった。しかし、そのときまでは、昨夜は動脈が切れていた左手の脈を見、今朝は故障のない右手の脈を見たとは、ちょっと気がつかなかったそうだ。小林大尉は言った。

「ほんとうに、私は命拾いしました。これも副長はじめ、皆さんのお蔭です」と。

「いや、あの一等兵のお蔭だ。決して御恩を忘れてはならぬが、また、君の平常の態度、やり方が立派だったことにもよるのだ」と、私は、言ったことだった。

この面会が、結局終わりだった。彼は果たして、今いずこにいる。いつもニコニコとして、本当に温厚な青年士官だった。彼の面影が、私の脳裡から離れない。健在を祈ってやまぬ。

残務整理は、約半日で終わった。「大鳳」「翔鶴」は、まだ進捗していないと聞いていたが、人事部では、大変に喜んでいた。そのときは、士官室士官は、私と主計長松長主計大尉と宇田大尉ぐらいのほかは、全部転任が発令され、みんな希望通りだったので、とても喜んだ。特務士官も、准士官も、私が連れて人事部に行き、さらに交渉して、その日に発令の手続きをとってもらった。

中・少尉候補生たちの移動は、人事部からの海軍省人事局への交渉にもかかわらず、なかなか発令されなかった。そこで私は、上京することにした。彼らは、水交社で待つことになった。

いよいよ、これでみんな、ちりじりになるという日、私は三ツ子島で、総員を集めて訓示をした。訓示中も、彼らの顔を見ていると、じつに離れ難く、さらに愛着がわき出て来てしようがなかった。

その前日、中・少尉たちと、水交社別館で別離の宴を簡単に開いた。そしてその翌日、訓示した後、士官室一同は、水交社食堂で簡単に別れの会食をした。「大鳳」「翔鶴」は、料亭でやったという話もあったが、「飛鷹」は、和気藹々たる点において、彼らに数段まさる誇りと自信を持っていた。だが、時機が時機だけに、料亭での酒盛りは遠慮した。

七月上旬、水交社会食の翌日、私は上京して朝、海軍省に着いた。新橋で石川健逸君に会ったので、人事局まで同道した。まだ誰も来ていなかった。石川君と話しているうちに、長沢浩大佐がやってこられた。私が兵学校二年のとき、同分隊伍長補をしていた一年上の人、しかも当時、私たちの係の局員だった。

誰しも、海軍省人事局では、他所《よそ》行き顔をして、お行儀をよくするものだが、私は別に遠慮もしなかった。旧知の間柄でもあり、お茶を所望した。

私はまず、未発令の「飛鷹」士官の移動について注文を述べた。ところが、長沢大佐は小さな声で、

「それはそうと、君はどこが希望かね」と聞かれた。私は、

「この負け戦に、希望なんか言っておれないでしょう。どうせ私は陸戦科長をやっていたから、陸戦隊関係か、あるいは航空母艦に四回もいたから、航空関係でしょう」と言った。

「じつは今度フィリピンに根拠地隊ができるから、そこの先任参謀に行ってもらおうかと思っているのだが」と言われた。

「私は、先任参謀は二十四根で落第かと思っていましたのに、またですか」と言った。

「同じ南の方だからいいだろう」と言われるので、

「今度できるのはどこですか」と聞いた。

「ダバオの北の方だよ」と言うことだった。

「それでは、じつは家族が横須賀にいるんですが、食糧が手に入らないで困っているので、郷里の熊本の方に疎開させようと思っていますが、その暇はありますか」と尋ねた。すると、

「じつは候補者がもう一人あるんでね。はっきりしたことはわからないし、その暇はあるだろう。行ってきたまえ」と言うことだった。

「飛鷹」乗員のことで、各階級の係の人たちのところに行って交渉した。みんな、「飛鷹」乗員が、ふたたび第一線に出してくれ、と言っているのを聞いて、びっくりして、「大丈夫ですか」と反問する人もいたが、とても喜んだ。そして、宇田大尉以下全部、第一線に出すことに変更してくれた。機関科の桑原大尉も潜水艦で第一線、すでに発令してある者も、近いうちに第一線に出すことまで約束してくれた。

少尉候補生は、一人一人、別れて陸上か、予備艦のようなところにやられるよう計画されていたのを、わざわざ変更し、彼らが別れに際して、水交社で熱望した新鋭航空母艦「葛城」で、ふたたび揃って第一線に立つことになるし、某候補生は搭乗員熱望というので、そ

の方にとってもらうことになった。

松長主計大尉も、私は、彼の熱意を推賞したところ、人事局員は、特に了解して、「経理部の専任部員はどうか」と言った。私は、「本人はまだ若いから」と言ったら、「小さいところがあります」というので、「それでは、ぜひ頼みます」と言って頼んでおいた。

私は新橋郵便局から、呉水交社の松長主計大尉あてに電報を打ち、その日のうちに自宅で、大急ぎで手紙を書いて速達で送った。

七月だった。私は横須賀で、宮林久夫少尉に会った。彼は、舞鶴から出張して来ていた。私は、彼を自宅にともなってきて話した。その話では、私の手紙を見て呉水交社では、みんな手を叩いて喜んだそうだった。

松長君は、大湊経理部先任部員に転任の途、大阪に立ち寄った際に水交社で、舞鶴の駆逐艦に転任した宮林少尉に会い、私からの速達便を見せたところ、自分たちの転任も、まだ知らなかった戦友たちの転任も、副長の尽力によって希望通りにいっていたので祝杯をあげたということだった。

ああ、思い出深い「飛鷹」！　みんなが和気藹々として、右するも左するも、進むも退くも、常に心を一にして苦楽を共にしたのだ。私は、この「飛鷹」を永久に誇りに思い、永久に忘れ得ないであろうし、またみんなも私と同じように永久に誇り、永久に忘れ得ないであろう。

あとがき

太平洋戦争が終わって、本年は五十七年目に当たる。戦争を体験した年齢層は、次第にこの世を去り、遠い昔のことになりつつあります。

本書は、海軍兵学校出身の兵科将校として、海軍に籍を置き、今次大戦に深く関与した父が、大戦中に経験した数々の事柄を、刻明に記した貴重な記録であります。

この記録は、父が戦後、昭和三十年代に記録したもので、すでに原稿用紙は黄色に変色し、ペンの字は滲み、中には大きなしみとなり、完全に消滅している文章すらありました。原稿の断片的な下書きを参考にしながら、私は文章を復元し、完成したのが本書であります。

父は、昭和十九年八月に、今次大戦の天王山といわれた中部フィリピン作戦に参画、セブ島に根拠地を置き、レイテ島、セブ島の戦闘を指揮した第三十三海軍特別根拠地隊の首席参謀として、激しい戦闘に参加、終戦を迎えたのであります。

本書は、蘭領インドシナ作戦、並びにその後、航空母艦「飛鷹」に乗艦、マリアナ沖海戦に参加するまでの記述であります。

貧乏国日本が、大金持の米国と四つに組んで、果たして勝てるのか。こんな国力で、こんな兵力で、よくも戦争を始めたものだ。こんな無理をしてまで、戦争をしなければならないようになってしまった日本の実情を思うと、慄然たらざるを得なかった、と記しております。しかし、この開戦に、きわめて消極的であった日本海軍が、廟議一決するや、魂魄となって立ち向かっていった姿こそは、日本海軍の本質であり、父の姿でもあったのです。

父は、昭和十一年より昭和十三年の三ヶ年間、海軍兵学校教官として、海軍兵科将校の育成に当たりました。その教育は、海軍兵学校生徒たりし誇りを忘れず、いったん決心せば、目的の完遂に勇往邁進すること、忍苦に堪え、中途にして挫折するが如きは断じて許さない、徹底した教育でありました。

その当時の厳しい教育ぶりは、岩田豊雄氏の『海軍』に、指導教官、S少佐として記されている通りであります。未曾有の国難に際し、今次大戦には、まさにその教え子たちと共に、戦闘に参加したのであります。今次大戦には、私の教え子たちが、死を賭して国に殉じて行く姿を思う時、悲痛な気持ちになると、記しております。

現在、アンボン島、チモール島など、東南アジアで起きている多くの紛争の源流を探れば、三百年前の白人の支配に、その起点を見出すことができます。本書には、その実情が、詳《つまび》らかに記述されており、その実体を汲み取ることができます。

すでに今次大戦の戦記物は、数多く出版されておりますが、本書のように、本人の体験を基にした、赤裸々な記録はほかにありません。まさに貴重な記録であります。

この戦いで亡くなられた、数多くの英霊に対し、心からご冥福をお祈りし、本書を捧げたいと思います。

終わりに、本書の刊行にご尽力頂いた光人社の専務取締役牛嶋義勝氏、ほか編集部の皆様、並びに種々ご教示を頂いた方々に、心からお礼を申し上げます。

在りし日の父を偲びつつ

平成十四年一月

志柿忠邦

単行本　平成十四年三月　光人社刊

NF文庫

空母「飛鷹」海戦記　新装版

二〇一九年七月二十日　第一刷発行
著　者　志柿謙吉
発行者　皆川豪志
発行所　株式会社　潮書房光人新社
〒100-8077　東京都千代田区大手町一-七-二
電話／〇三-六二八一-九八九一(代)
印刷・製本　凸版印刷株式会社
定価はカバーに表示してあります
乱丁・落丁のものはお取りかえ致します。本文は中性紙を使用

ISBN978-4-7698-3128-0　C0195
http://www.kojinsha.co.jp

NF文庫

刊行のことば

第二次世界大戦の戦火が熄《や》んで五〇年――その間、小社は夥しい数の戦争の記録を渉猟し、発掘し、常に公正なる立場を貫いて書誌とし、大方の絶讃を博して今日に及ぶが、その源は、散華された世代への熱き思い入れであり、同時に、その記録を誌して平和の礎とし、後世に伝えんとするにある。

小社の出版物は、戦記、伝記、文学、エッセイ、写真集、その他、すでに一、〇〇〇点を越え、加えて戦後五〇年になんなんとするを契機として、「光人社NF（ノンフィクション）文庫」を創刊して、読者諸賢の熱烈要望におこたえする次第である。人生のバイブルとして、心弱きときの活性の糧《かて》として、散華の世代からの感動の肉声に、あなたもぜひ、耳を傾けて下さい。

＊潮書房光人新社が贈る勇気と感動を伝える人生のバイブル＊

ＮＦ文庫

軽巡二十五隻　駆逐艦群の先頭に立った戦隊旗艦の奮戦と全貌

原為一ほか

日本軽巡の先駆け、天龍型から連合艦隊旗艦を務めた大淀を生むに至るまで。日本ライト・クルーザーの性能変遷と戦場の記録。

飛行機にまつわる11の意外な事実

飯山幸伸

小説よりおもしろい！　零戦とそっくりな米戦闘機、中国空軍の日本本土初空襲など、航空史をほじくり出して詳解する異色作。

キスカ撤退の指揮官　太平洋戦史に残る作戦を率いた提督木村昌福の生涯

将口泰浩

昭和十八年七月、米軍が包囲するキスカ島から友軍五二〇〇名を救出した指揮官木村昌福提督の手腕と人柄を今日的視点で描く。

艦攻艦爆隊　雷撃機と急降下爆撃機の切実なる戦場

肥田真幸ほか

九七艦攻、天山、流星、九九艦爆、彗星……技術開発に献身、また鉄壁の防空網をかいくぐり生還を果たした当事者たちの手記。

海軍フリート物語［激闘編］　連合艦隊ものしり軍制学

雨倉孝之

日本の技術力、工業力のすべてを傾注して建造され、時代のニーズによって変遷をかさねた戦時編成の連合艦隊の全容をつづる。

写真　太平洋戦争　全10巻〈全巻完結〉

「丸」編集部編

日米の戦闘を綴る激動の写真昭和史――雑誌「丸」が四十数年にわたって収集した極秘フィルムで構築した太平洋戦争の全記録。